Seba・蝴蝶

Seba・蝴蝶

Seba・蝴蝶

Seba・蝴蝶

蝴蝶館 64

# 深院月

## 下卷

## 〈低綺戶篇〉

Seba蝴蝶 ◎著

# 低綺戶篇

之後皇帝的聖旨和賞賜追了來，即使如驚弓之鳥的芷荇都有些啞口無言。

聖旨那駢四儷六的褒獎就不須提了，一毛錢也不值。冤枉關了三個月，也就補發了雙倍月俸，聊備一格而已。吃了這麼大的苦頭，結果皇帝只准假一個月修整。

賞賜的更好笑，皇帝很惡霸的先斬後奏，把留園賞給三郎了……賞完才照市價強買她的留園，硬把她的嫁妝變成三郎的產業。最後的封賞也很土匪風範，直接賜了堂號，本來是除譜，結果變成分堂。

嚴謹傳承數百年的世家馮族，破天荒的開了新例，鬧出一個分堂，就從馮知事郎進起源。又因為出身於京城馮家，所以這個堂號為「順德堂」的新馮府，開府就綴在世家譜的尾巴。

看著那個龍飛鳳舞沒半點莊重的「順德堂」三個大字，芷荇都能想像皇帝有多得意、滿地撒歡兒的模樣。

姓慕容的果然沒半個好東西。芷荇鬱鬱的想。三郎替皇帝辦了這樣的大事，結果賞的都是不值錢的玩意兒，狗皇帝就是狗皇帝，摳門得一毛不拔，就算忍痛拔了，一定是挖無數大坑坑死人。

他們牽手看著暫時的祠堂，望著撇得非常歡的堂號，芷荇忍不住嘆了口氣。

三郎淡笑，「不喜歡嗎？」

芷荇安靜了會兒，有些沮喪的說，「活像藥鋪子。」

三郎的笑轉悶，咳了兩聲，硬壓了下去。「那一位……取名字沒什麼天分。」

芷荇沒好氣，「看得出來。」忒直白了，巴不得天下人都知道，他們這個嶄新得只能拜天地當祖宗的新堂，就是順從政德帝的爪牙。明明只是兩夫妻賣了而已，怎麼這架勢是準備連後代子孫都綁票了呢？

這算不算禍延子孫？她真的很憂心。

聽芷荇興興頭頭的埋汰了皇帝幾句，尖酸得讓人牙疼又好笑。真是幾百年不解的仇家，能戳個幾句就眉開眼笑，難得的展了歡顏。

回來三四天了，芷荇還是處於一種杯弓蛇影的狀態，有點渾渾噩噩的傻笑，晚上掙扎瞅著他不敢睡，睡著了又往往被魘，哭喊著三郎醒來，抱著他的胳臂瑟瑟發抖。

擰著心，很疼很疼。

其實這樣別開分堂，等於惡狠狠的賞了本家一個耳光，火辣辣的。京城馮家經過先帝晚年的奪嫡，元氣大傷，原本顯赫的長房都因此落馬，他父親灰溜溜的從副相致仕，賦閒了二十來年。旁支也沒好到哪去，不是罷黜，就是外放。到現在已經出現了嚴重的青黃不接。

連他這麼個七品知事郎，都是年輕一輩裡頭出類拔萃的，老一輩的最高也只是官居五品的外放知府而已。京城馮家已經出現了衰敗的頹勢。

這次除祖譜，京城馮家已經鬧了個灰頭土臉，滿京城被譏諷成「勢利涼薄」、「鼠目寸光」，二房叔叔還滿頭大汗的想把他歸附族譜，結果皇帝橫插一手，這根本是個連珠耳光，他老爹被嘲諷得大門都不敢出。

能夠理直氣壯的自立門戶，應該很痛快才對。

可他卻沒有想像中的痛快。反而悶悶的，覺得付出的代價太大了。

摸著芷荇歷歷可數的脊背，形銷骨立，夜不成寐，憔悴得脫形，他就覺得付出這樣的代價太昂貴，真的毫無必要。

明明除族譜也沒什麼，明明走了就好了。如果他沒被憤怒沖昏頭，一定能想出更委婉、四兩撥千斤的辦法，能辦好皇上的差，不把自己陷入絕境，也不會讓荇兒吃盡苦頭，差點積鬱成疾。

為了一些死的框架，差點填了自己的命，還把荇兒的命跟著一起填了。三個月，近百日啊。人生有多少個百日？他卻死死苦苦的望著過去不能迴轉的三十六個百日，賠掉未來兩三倍的百日……

值得嗎？

摸著芷荇的指頭，他慢吞吞的說著，非常懊悔。

「……人哪有辦法活得那麼明白？」芷荇反過來摩挲他的手指，「像我吧。我一直以為自己很理智冷靜，結果……這麼狼狽。」她有些羞愧的低下頭，「對不起，讓你白擔心。」

三郎嘆氣，將芷荇抱個滿懷，有些顫抖的嗅聞她雪白的頸項，為時已晚的害怕起來。「不要回頭看了……人生很短，沒有那麼多個百日。」

馮家舊事他已明白。事實上沒有人真的想殺誰，也沒人真心想燒祠堂。只是起因於一個少年的衝動，和幾個下人的嚼舌根。二叔因此起了貪念，將香巧和馮二郎騙去祠堂，所以才沒有二房的奴僕看守……

二叔也只是想當上一代的族長，畢竟京城馮家累積數百年，祭田和祖業富可敵國，照祖訓嫡房長子是分絕大部分的家產，又兼管龐大無比的祭田祖業，二叔也只是想要管上一代，讓子孫手頭不那麼窘迫而已。

照理來說，只要抓到馮二郎和婢女在祠堂宣淫，就能迫長房卸下族長之位。二房頂多就代到二叔百年之後，還是得將族長歸還長房。

馮二郎也不是天生的惡人，只是少年衝動而已。他並沒有存心殺死香巧，誤殺之後又誤引起火災。日後他越走越偏，越來越邪僻，也很難說不是舊事存留的陰影。

錯中錯，誤中誤。誰都有錯，卻誰也沒存心。苦果卻是無辜的人強嚥著吞下。

回首前塵，他感覺到累，心累。報仇是一件力氣活，說不準還會白填了自己和苻兒……現在他明白了，他們倆共用著一條命，誰也不能少誰。

他倒不可惜自己的命，但他真捨不得荇兒吃一丁半點的苦。

修整的這個月，真是徹底萬事都不管。他們在老楓樹上搭了一個簡陋的樹屋，鋪著厚厚的稻草，命名為「巢居」。每天爬樹為戲，消磨一整天，曬著晚秋的太陽。或讀書，或談詩，或者眺望著之前芷荇日日所眺望的巷子，落葉嫣紅飄然若暮雪。

在整日整日飛楓紅時，三郎抱著一把新買來的琵琶，轉弦兩三聲，無盡纏綿。

看著芷荇瞪大眼睛，他羞然一笑，「……我年少時也不是個好東西，又交了一些鬥雞走馬的損友……萬幸我是個晚熟的，對男女情事一直迷迷糊糊。被帶去勾欄，也沒搞清楚是什麼勾當。那年我才十一吧？只覺得琵琶真好聽，追著人家樂娘死問怎麼彈……別人在銷金鬥紅綃，我在苦學琵琶吟。想想真是呆得可憐。」

芷荇低頭悶笑。原來如此。果然是個晚熟的，洞房花燭夜的「交代」才會交代得兩個新手飽受苦楚。

「十來年沒彈了，不知道還記不記得。」三郎清清嗓子，輕攏慢撚抹復挑。

其人如玉，芳蘭芝桂。纖長的手指輕撥，初始生澀怔忪，其後漸漸圓熟。眉眼的鬱氣散了很多，卻依舊壓著一股去不淨的輕愁和隱忍的沉澱。如雪壓梅，如蓮不玷，盤坐抱琵琶，指下干戈鐵甲，四季吟詠，或飛天長嘯，或入水遊龍。

即使再沉鬱的調子，都能蘊發出一股牛之喜悅和歡快。

芷荇有時躺在草堆上，放鬆的聽。有時偎在他的背上閉著眼睛，聽他有力的心跳和活潑的琵琶交融成完美的樂曲。

不抱琵琶的時候，三郎就會抱她，輕憐蜜愛的吻著，低聲說著讓人不好意思的情話……像是芷荇是他唯一心愛的琵琶，總會發出最美的聲音。

被撩撥的臉紅心跳，羞得臉都抬不起來。

天氣一天天涼了起來，紅葉總有落盡的時候。一個月匆匆而過，冬天緩緩的降臨。最後一天去巢居，已然降霜，三郎呵著芷荇的手，一起凝視著宛如火燒般的夕陽。

芷荇很惆悵，美好的日子總是過得特別快。明天，三郎又要去功利殺戮場，無法時時相伴了。「……近黃昏。」

「然有明月照你我。」他把琵琶遞給芷荇，「幫我拿著，我背妳。」

芷荇軟軟的趴在他背上，任他跳下樹，閉上眼睛。

任他帶我去任何地方，刀山劍海，陰曹地府……都可以。

只要能一直在一起就可以了。

* * *

雖然三郎也就提了兩句，但芷荇很明白，就是他如此飽受家人冷遇冤待的，反而對點滴親情都分外重視。不知是可歎還是可笑，交代聲就完了，偏偏顧慮她的感受，半吞不吐的急死人。

至於他是怎麼打聽到大伯大嫂的下落，那她就不問了。坦白說，她也不敢細想……畢竟皇帝居然是京城三教九流的真正頭子，實在駭人聽聞。而三郎到底是二把頭還是軍師……她更不願知道。

她還是作好一個妻子的本分，去探望即將臨盆的大嫂比較實在。

不知道該說巧還是不巧，她初次拜訪，剛好就撞上了大嫂生產。

得，也不用寒暄了。大嫂身邊只有一個貼身丫鬟，其他都是粗使婆子和小廝。看守門戶是夠了，但遇到這種事真是兵荒馬亂，本來講好的穩婆又出城接生，更是慌得亂竄，滿院子鬧騰騰。

這不是講理的時候，芷荇眉眼不抬，「如意，去管管那起子沒規矩的東西。難道滿京城就這麼個穩婆？」

如意大聲應是，立刻帶著兩個僕從，倒豎柳眉喝罵起來，眼見要消停了，芷荇帶著吉祥往屋子裡去，不禁娥眉緊皺。大嫂馬氏已經痛得脣都白了，丫鬟只會攢著手哭，「奶奶放心，奴婢定會照應好大爺和小姐……」

瞧那婢子，倒是頗有姿色，身段嬝娜風流。但當人都是死的，瞧不出那點兒惡毒心腸？

「吉祥！」芷荇喝道。這個靈巧的小婢二話不說，扭著那個丫頭左右開弓打了幾個耳光，直接扔出去。

原本奄奄一息的馬氏驚了，反而回神了些。待在旁邊哭得氣兒都快喘不上的女兒，也害怕得收了聲，反而打起嗝來。

芷荇安撫的笑了笑，不得不說，她那張孩兒臉真是挺能騙死人的，聲音和氣溫軟，很能安撫人心。她匆匆把脈，暗暗咬牙，明明好好的順產，被耽誤到這樣，面上還是笑的，「大嫂又不是頭胎，怎麼自己嚇自己？把大姐兒都嚇住了。」

「弟妹……真不妨麼？」馬氏祈求的看著她。對這個陌生的弟妹，她是有幾分心服的。只在臉上一看，就能斷她有孕，這是多大手段！只悔當初她做不得主，沒半分好到弟妹和小叔面前，現在想張口求人都不知道從何求起。

「秀玉說……」馬氏眼淚不斷的流下，「偷聽到爺和大夫說了，我這胎竟是……」

「哪有那種話。」芷荇臉沉了下來，「是弟妹僭越了，但這等背主的奴婢，不老大耳刮子打出去，我還怕她在當中做什手腳！」

她安撫了馬氏，將小姪女哄出去，交給吉祥，吩咐熱水白布，又遣跟來的小廝把那個秀玉關在柴房裡。

然後就坐鎮在產房中，穩婆要她出去，芷荇只瞥她一眼，專心的把著馬氏的脈。被驚嚇得狠了，虛耗太多力氣。半哄半騙的讓馬氏喝了碗粥，噙著蔘片，勉強有了點力氣，這才掙命似的使力……無奈已經是強弩之末。

見馬氏已然沙啞，連喊都沒力氣，只是流淚。芷荇咬牙，罷罷，不說大伯於三郎有知冤濟飯之恩，又怎麼能眼見著一屍二命？她內家功夫雖然火候不足，幫著度這關應該還行，頂多之後病個一場……不鬧到走火入魔的話。

輕輕按著馬氏的頭頂，沉心靜氣，緩緩的將內力輸了進去。

原本已經絕望的馬氏，突然一個激靈醒神過來。原本空落落無處著力，重獲了精力，一股作氣，只覺得腹下一墜，須臾就聽到兒啼，不禁熱淚滿眶。

「是個兒子呢，恭喜大嫂……」臉色蒼白的芷荇笑笑，眼前一黑，居然栽倒。

等她再醒來，面對的卻是面沉如水的三郎……已經許久沒見到他那樣陰森鬼火飄的頹豔女鬼態，一時之間，有些不適應。只能乾笑兩聲，小心的將臉別開。

三郎卻強硬的箝制她的下巴，硬轉過來，眼神幽冷。看起來，非常火大。

「是，我錯了。」不等三郎發脾氣，芷荇立刻從善如流的道歉。

三郎一噎，心頭竄火轉悶燒，要待罵她幾句，已經這麼乖覺的認錯。不給個厲害……誰知道這個傻大膽還會整出什麼捅破天的漏子。

「妳內家功夫雖然不俗，但年紀才多少，有多少功底讓妳揮霍？」三郎還是揚聲了，「這次是運氣好，也就血氣不暢而已。但天下有多少可憐人，妳那點底子夠妳折騰？……」

「……他們又不是別人。」芷荇低頭，「他們是你大哥大嫂，肚子裡的是你侄兒。其他人……我才不管。」想想不對，「你罵我也沒用，你有萬一的時候……我寧可你把我罵死，我也會管到底。」

三郎用專注到冰冷的眼珠子瞅著她，突然將她撲倒，急不可耐的將她吻得差點再次厥過去，狂風驟雨似的，接近野蠻粗暴的拚命折騰她。

除了新婚尚在青澀時，三郎才這般沒輕沒重。後來漸漸的熟稔，三郎一直都輕憐蜜愛，誘哄纏綿，憐惜她嬌弱（？），總是三五天才求歡一回，有時太盡興過後總是歉疚，百般溫柔。

像這樣狂野的拆吃入腹還真的很少，眼神極駭人的發著青光，使力又重又狠，幾乎要把她撞到床頭去了，硬把她的手環在三郎的脖子上，按著她的肩膀，卻越發狂亂。

好不容易蹂躪得盡興了，卻又不放人，把她從頭到腳吻了一遍。不顧她漲紅臉的反對，連最隱私的地方都沒放過……還流連許久。

芷荇只覺得自己快死掉了。全身都癱軟如泥，喉嚨有點痛……喊的。丟臉死了，卻隱隱覺得說不出來的心熱和飄飄然。

完了，真壞了。她一直覺得自己持身甚正，結果居然這樣浪蕩……三郎一定是要看不起她了……

看她眼淚汪汪，三郎心底一揪。雖說早存同生共死之意，但看她暈厥著被扛回來，腦袋一炸，不啻天崩地裂。孤絕一生，身邊只有她一人，完全沒有辦法想像此後再無她。

這樣擔驚受怕，待她醒轉更是怒氣勃發，罵她兩句，得到的答案卻讓他又酸又痛，又甜又苦。打不忍打，罵不忍罵，愛到十二萬分，又找不到言語。只想把她揉進身裡心裡，兩人併做一人帶著走才好。

沒想到太過孟浪，把她弄哭了。

「別、別哭。」三郎訥訥，兩頰飛紅，直追桃李，輕輕給她拭著淚，「我、我……我只是、只是慌了。妳……一點血色也沒有的倒在那兒……像是把我的心剜了。不是有意唐突……」

芷荇有些困惑的看他，「那、那個……你會瞧不起我嗎？」聲音很輕，幸好三郎耳力好，不然還真聽不清楚。

講岔了？三郎有點納悶。

他耐心哄著逼問，好不容易弄懂了，完全啼笑皆非，看著芷荇臉孔紅得快滴血，只能把笑悶進肚子裡。

不論待旁人如何，荇兒待他，向來柔順得很。

「荇兒悅我，歡喜都歡喜不來，哪能……」他低聲在芷荇耳邊輕語，「荇兒發出那樣美的聲音……」

芷荇燒了臉，急急打斷，「不聽你瘋話了，我又不是琵琶！」

三郎笑而不語，只是默然的撫著她光滑細緻的後背。

芷荇想下床理事，三郎又內疚又心疼的不肯，還讓吉祥來看住她。

她很悶。其實吧，也不過昏過去一小會兒……一個時辰而已。主要是不熟練，才把自己弄昏過去……沒辦法，雖然於內家功夫這塊，她頗有天分，但是需要學得太多又太雜，她這點年紀有小成已經算得上驚世絕豔了，傅氏嫡傳專有的以內力療病，她還停留在背書的階段，從來沒有機會實習過。

這就是養在深宅大院的壞處。徒有理論卻沒有動手的機會。醫術一道，更需要大量的臨床經驗，精深的學識才有印證發揮的餘地。

「其實我沒事。」芷荇很無奈。

「不行。」三郎連商量都不給她商量，「好好躺兩天，多吃點滋補的。」

……我又不是生孩子，為什麼老讓我吃麻油雞？

芷荇搔搔頭，「……大嫂心太軟，那個叫做秀玉的婢子，我得去處置了才行。」

三郎一臉的不解。他雖然知道芷荇把大嫂的貼身婢女關到柴房，卻不明白這麼個微小的奴婢為何讓芷荇這麼慎重看待。

「看多了。」芷荇興趣缺缺的說，「世界上就沒有比把身邊人收作通房更蠢的事情。本來沒那份心的，就養出不該有的心。有那份心的，只是把心養得更大更險惡。」

「……秀玉是大嫂的陪嫁丫頭。」三郎驚訝了，「都多少年了……」

「可不是？」芷荇語氣越發的淡，「之前在馮家，上頭壓著婆母……婆母可不想讓大哥多兒多女，有什麼心思也只能壓著。現在出來了，心活了，也大了。以前在深宅大院貓著，出來以後寒門薄戶，來往的婦人不免要顯擺什麼破賢良……」

雖然見沒幾面，但也聽說大郎夫妻成親幾年，依舊好得蜜裡調油。這個死撐著不肯嫁出去的陪嫁丫頭，不眼紅心熱才奇怪了。也未必是真要害大嫂性命，孕婦本來就敏感多疑，若是損了身子，這個通房也就順理成章了。

三郎的臉陰了，結果在房裡伺候的小丫頭全體打寒顫，腿肚子很一致的抽筋。

「我會處理。」他淡淡的說，聲音像是飽含冰碴。

「欸欸欸，這不該你說的吧？」芷荇大驚，「這是內宅事，應該是我跟大嫂……」

「我不信大哥會庇護謀害主母的背主婢子。」他警告的瞪了一眼芷荇，壓著怒氣自打簾子去了。

去的時候怒氣沖沖，回來倒是微微帶笑。怎麼問都含糊其詞，只說大哥氣得差點把那婢子掐死，叫人來遠遠的賣了。

「妳和那些商戶太太來往，莫非她們沒教妳那些收房納妾的賢慧？」三郎問。

芷荇白了他一眼，「你不知道我？我是天下第一妒婦，御賜棒槌我還收著呢！」

三郎噗嗤一聲，陰霾散盡，過去啜吻了她粉嫩的唇，然後在她脖子輕輕蹭著，悶聲只是笑。

後來芷荇去探望大嫂，才知道這破賢慧真是害人不淺，她還真的命中了十之八九。自從分家別過後，大郎有人脈有手段，開了家雜糧鋪，米麥豆黍皆備，專賣給京城裡討生活的工匠和小生意人。

大郎算得很精，鋪面乾淨，幾乎不壓什麼存貨，來錢活而實。不說上游供貨的有心交好，許多同樣走拆賣糧食的店家也很巴結。大嫂月份重了，這些商家太太上門來探望，不免多嘴多舌，說了些有的沒有的。

馬氏對於子嗣不旺這點，一直耿耿於懷，總覺得對不起大郎。哪堪身邊人不斷說這胎定是女兒。身子重了，心思更敏感，看大郎又要打理鋪子又要照顧她，一整個憔悴，越發歉疚，這才糊塗的問了秀玉願不願意給大爺當通房。

這一問，就問壞了。

芷荇沒好氣，「大嫂果然糊塗。夫妻情分不堪折騰，以己度人，今天大哥若怕太忙沒顧好你，找個年輕後生給大嫂消遣解悶，妳高興得起來麼？」

「胡說什麼呢?!」馬氏怒了。

「瞧，大嫂生氣了。妳怎麼不問問大哥是不是也氣了？熱騰騰一顆心掏給妳，妳為了個破賢慧給他隨便塞人……大嫂妳仔細想想，這真是為大哥好，還是為了自己不讓人說呢？」

馬氏低頭，怔怔的落淚。

芷荇看火候差不多了，軟語勸住，又把脈又叮嚀，還把小名溫哥兒的小侄兒抱來看，大姐兒蹦蹦跳跳的跟進來。作母親的人，再多的愁思，看到心愛的兒女也散了。

當天回來，三郎笑得粲然生輝，「還是我的荇兒有辦法。大哥和大嫂幾天不講話了，妳才走一趟，兩個人就扣著手哭，相互說對不起。」

芷荇佯瞋的打他兩下，「學武學哪去了？耳聰目明不是給你聽牆角的。」想想又嘆息，「這有什麼？只是見多了。我父親那麼多妾，那些妾都爭著把自己身邊的丫頭作通房好固寵……結果寵沒固到，倒生出多少仇，烏煙瘴氣的……」

三郎摟著她，溫和的沉默了會兒，「天花亂墜，我不屑為之。妳且等著看吧。」

她低頭輕笑，「你和大哥不愧是兄弟，重情重義。我哪有什麼不放心？」

原來心甜是這種感覺。像是燒融的砂糖，密密的滾著泡，泛著濃郁的甜香。明明沒有說什麼，卻歡喜得想大叫，甚至想落淚。

他把琵琶取來，讓芷荇坐在他膝上，手把手的教她彈〈梅花三弄〉，只是彈著彈著為什麼變成彈芷荇，差點把琵琶給摔了，這就存疑待考了。

天氣越發冷，開始飄雪了。三郎忙得焦頭爛額……積壓幾個月的公事不是好玩兒的，芷荇也是天天往外跑。除了商家太太們的交際應酬，她每天雷打不動的必定去探望一下大嫂。

一來是在京城這個地界兒，連開個小鋪子背後沒人都寸步難行。三郎雖不說，對這個隔肚皮的庶出大哥珍惜萬分，大嫂也是個溫惠的可人兒，扯著馮知事郎的官皮招大旗很理直氣壯。二來是她難得見到個產前產後的病例，格外興奮，還能順便印證兒科，這可不是什麼容易的機會。

這麼一來二去，親戚都是越走越親的。大姐兒看到她都大老遠的張開手臂，甜孜孜的喊嬸娘，膩得沒邊。大嫂會佯裝吃醋的罵，「眼裡只有妳嬸娘，娘都擱後頭了。」

「這不是怕她小孩兒吃醋，恐溫哥兒搶了她的寵麼？」芷荇點了點大姐兒的鼻子。

「別別，天天跟我搶著抱弟弟，也不管弟弟在吃奶。」馬氏笑得溫潤，不甚美的臉孔容光煥發，讓人挪不開眼睛。

分家別過較之以往實在清貧，連奶娘都雇不起。馬氏是自己奶孩子的。雖說有芷荇食膳得宜的緣故，但什麼也沒有比丈夫疼愛溫存來得要緊。

雖說秀蘭的事情讓大郎發怒的砸了杯子，成親幾年第一回吵架冷戰。但有什麼比丈夫愛絕不移更能潤養婦人的？就算是偶爾爭執，老讓大郎拿這事委屈的說嘴，被壓了個下風，其實她頂多發發嬌嗔，心底還是很甘願的。

看她這麼一副幸福小女人樣，芷荇心底卻有點發沉和不捨。

最近三郎和大郎頻頻密談，她不問不表示猜不出來。她和三郎是沒辦法，賣給皇帝了。但要把大郎也拖下水……於國盡忠，皇帝親手扶持的糧商也前途無量，但於家……真的是好的嗎？

「我相信大哥。」三郎斟字酌句的說，「我也會對得起他的信任。」沉默了好一會兒，芷荇遲疑的點了點頭。

她在外與商家周旋，很明白現在的態勢，也知道皇帝為什麼急躁。內有太后外戚掣肘，外有蠻族虎視眈眈。而大燕傳承兩百餘年，承平已久，漸趨奢靡浮華之風，文尚夸夸清談，武則放馬南山，地位一落千丈。軍紀鬆弛，將不成將。

老天作美，這幾年沒有嚴重的天災人禍。不然國庫虛空，上下貪婪成風、千創百孔的大燕，不知道會落到什麼境地。

商家一途，她還可以略盡棉薄之力，看準了人，提交報告，三郎自會上呈派人去接觸。她隱約知道商家情報已經隱隱成形，讓皇帝越來越不好唬弄了。但她還真沒想到，皇帝那麼會做，南都那一小撮的地痞無賴，讓他搞得勢力越來越大，不僅是京城一地，乾脆擴展到大江南北去了。

為什麼她會知道呢？因為皇帝不好招待這些綠林好漢，很無恥很低級的跟三郎借了留園議事。

聽這些江湖人南腔北調，相互間極不對盤的按刀怒視，還有什麼猜不出來的？

雖然皇帝很自覺的派了暗衛來維持秩序，但她依舊火冒三丈，在心裡把狗皇帝顛來倒去罵了幾百萬遍。

即使她約束家人，還有暗衛照應，但這些不法之徒囂張恣意慣了，幾杯黃湯就灌喪了狗肚腸，闖她的院子還好說，居然趁酒意摸了摸吉祥的手。

這下可炸窩了。

馮家僕最是護短，何況吉祥是管家姐姐。如意這些年脾氣越養越大，立刻抽出擀麵棍當面一敲，那賊人大怒拔刀，卻被一湧而上的馮家僕上頓棍棒，差點就引起械鬥，結果暗衛衝過來，擺平了那起灌出色膽的賊人，捆了一地。

安排鋪位忙得團團轉的芷荇聽聞，勃然大怒，一掌摑斷男子手臂粗細的棗樹，要不是三郎阻止得快，地上捆的那些綠林好漢只能去陰間調戲女鬼了。

心火正旺的芷荇吼，「通通扔出去！」

馮家僕可不看是不是跨刀背劍，姑娘說扔，那就扔。真的都來抬手抬腳，其他的綠林好漢哪裡肯依，場面那亂的……

結果暗衛頭子出來躬身致歉，看馮夫人眼睛還是通紅的發凶光，默然片刻，轉身一膝跪地，朝吉祥賠不是。

吉祥相讓不受禮，但人家都做到這樣，她總不好再拿喬。姑爺也稱這漢子是穆大人，堂堂一個大人朝她個小丫頭都跪了，心底再噁心也只能忍了。總不能壞了姑爺和大人們的事。

這大人也是賊壞賊壞的。她心底嘀咕。一眼就瞧出癥結在哪，逼著她這小丫頭呢。

她溫言求情，把什麼壞事都推在酒上頭。這酒啊，真是太不好了，大傷和氣。所以呢，這幾天家裡絕對不會有酒了。這肉呢，吃多燒心肝火盛，大家吃幾天素齋，也省得發生這種太血氣方剛的事件。

這下子，終於讓繃著臉的芷荇樂了，只加了個但書。說她好武，可惜養在深閨無人可交手，就請眾位好漢輪班兒指教一番。

表面上，這起兒事總算是和平落幕。事實上這些綠林好漢只能把眼淚憋在心底。

這些好漢都是無酒肉不歡的角色，吃兩天素齋就面有菜色，何況肚裡的酒饞蟲快活活餓殺。看那個柔弱嬌容的小娘子火氣越發旺盛，就算不能真的製造點傷口，也要讓她哭一哭……

誰知道哭的是自己。那賊小娘一刨下來連衣帶肉，只能嗷的一聲轉身就跑。

沒幾天，這些桀傲不馴的江湖客，意氣風發的來，惶惶不可終日的走。之後再有號令，莫敢不遵。

原本皇帝預備下來的暗衛，居然無用武之地，連三郎都在一旁氣定神閒的看……誰也不知道他攢著一把毒鏢，情形不對他寧可放棄這條經營已久的江湖人脈，也不讓芷荇擦破皮。

不愧是傅氏傳人。打發這些江湖人宛如桌上拈柑。

看起來皆大歡喜，只有吉祥天天皺眉。該原諒的也原諒了，該整的也整了。那個穆大人是哪根筋抽了，天天寫信給她？誰理他父母雙亡家有薄產尚未娶親，一天吃幾碗飯看了什麼落日孤煙直啊？

衣服破了關她什麼事情，為什麼特特的捎來給她補？我看起來像繡娘？但人家是誰？是大人。還跟姑爺是同袍。她個小丫頭能說什麼？只能悶悶的補好了。明明是件舊的家常衣服，袖子都磨毛了，補好又能撐多久……她嘀咕，最後跟姑娘報了帳，裁了件新的給他……別指望她還繡花繡朵，哪來那麼多閒工夫？

讓她更悶的是，穆大人派人來收了，沒多久又是一包，還額外送了一對金鐲子當謝禮。她死推推不掉，要上繳給姑娘，結果姑娘只是古怪的看了她好一會兒，然後狂笑得直拍桌，好不容易停下來，才喘著氣兒問，「……妳討厭他不？」

穆大人曬得黑，又總板著臉。臉皮很正經，肚子裡可是賊壞賊壞的。但要說討厭……

吉祥搖搖頭，「不討厭。」應該說，還有點親切感。

芷荇拭著笑出來的淚花，「金鐲子嘛，人家願給妳幹嘛不收？衣服高興就給他補，不高興就退回去。想太多反而不好了。」

吉祥狐疑的看著姑娘，總覺得有什麼味兒不太對。但她自負心思靈透，卻琢磨不出個所以然，還是悶悶的回去補衣服了。有時候看那衣服實在破舊得不像話，自家貼補扯布裁衣了。

等她終於開竅，知道這輩子得幫這個賊壞的穆大人裁補一輩子的衣服，徒乎負負，卻悔之晚矣。

在吉祥還未預知早被賊惦記的此時，如意完全不負她的缺心眼，擠眉弄眼的打趣。

吉祥冷眼瞅她，把穆大人剛送來的信扔給她看。如意不好意思又興奮的展信……越看臉越垮。

穆大人慎重其事的寫信來說，昨天他吃了個紅燒肘子，還嫌不道地，附了一張非常詳盡的食譜。

如意啞口片刻，「……都這樣？」

吉祥考慮了一下，「前天信裡他嫌稀飯太稠。」

「……………」

吉祥搖搖頭，就跟如意說了，話本子不要看太多，滿腦子亂七八糟，淨想些有的沒有的。再說了，真有什麼才子佳人，那也是千金小姐的事情，跟她們這些奴籍的小丫頭有個屁關係？

高枝頭？嗤。插幾根野雞毛就當自己是鳳凰啦？她在姑娘娘家還沒看夠那些姨娘嘴臉？自以為洋洋得意，事實上可悲又可笑。不是姑娘掌得住，不知要死多少。她又不蠢，自找火坑跳？

穆大人可是皇帝身邊一等一的侍衛首腦，堂堂四品官。她也就長得還有個人模樣，但誰家沒個美貌丫頭啊？如意都比她強一線。穆大人腦袋又不是挨驢踢了，瞧上她？

官家人規矩最多，連妾都要身家清白的，家生子還勉勉強強當個通房。她又不會唱曲跳舞的，姑爺也不興送美人升官發財。再說吧，姑娘是個仁義的。她盡忠，姑娘就不會虧待她，總會把她嫁給好人家當正頭娘子。

雖然還是參不透這個吃飽沒事幹的穆大人寫信給她到底有什麼企圖，但看他寫來寫去就是日常瑣事，捎來的都是扯了口子磨毛邊的舊衣服讓她縫補。反正她打死不回信，衣服該補就補，看不過眼就裁新的。就當替姑爺和氣和氣同僚關係吧。

智者千慮，必有一失啊。芷荇默默的想。吉祥這丫頭就是太鬼太明白，萬事想得太周全，算起帳真是劈里啪啦乾脆無比。卻不知道凡事都有個情理之外，更有那種忒愛潤物細無聲的可怕人物。

那幾封信後，芷荇已經揪著穆大人講明白了。窈窕淑女，君子好逑，可以。發乎情止乎禮，那行。但吉祥不點頭，一切沒門。

穆大人垂下眼簾，倒是笑得一派溫文有禮，「夫人放心。有道是『千軍易得，一將難求』。若白二十有六尚未娶親，就是不願屈就。」

芷荇一笑，沒再追究。各人有各人的緣法，各人有各人的魔障。但誰是誰的魔障……塵埃落定後，可就難講了。

最少對她家吉祥，是挺有信心的。

*　*　*

時日漸漸推進，眼見要進臘月了。

雖說皇帝終於從翰林院挑了幾個冷眼察看已久的編修進了御書房參贊，三郎反而更忙了些。從案牘脫手，他卻更常被派出去「不務正業」。芷荇不大問他外事，一來是她對慕容皇家沒半點好感，誰耐煩管。二來是不想三郎為難。

多大點事，猜也猜得到。不外乎是商途綠林一明一暗兩大情報路子打通了，正在收服內外百官，磨刀霍霍向外戚罷了。

但忙得連藥膳都是芷荇追著餵的三郎，很嚴肅的要求，臘月初一這天，就算有天大的事情，芷荇也得在家等他。

「我午時就回來，不管是什麼事情，都推了。」三郎攔著不讓送，出門前還殷殷囑咐。

芷荇不明就裡的點點頭，「你把這口湯喝了，說什麼都行。」

三郎笑笑的喝下小半盅的藥膳湯，冒著濛濛細雪出門了。

臘月初一休朝，但御書房是不休息的。皇上一大早就有點懨懨的，脾氣特別不好，把幾個新晉的編修嚇得戰戰兢兢，只有三郎能夠冷靜的噎回去，皇上無精打采的摸摸他的小臉蛋求安慰，三郎毫不留情的抽出帕子仔細的擦乾淨。

編修們見怪不怪的低頭辦事。不得不說，這還真有點讓人失望……傳得沸沸揚揚的皇家風流韻事，居然就這點程度。連出門說嘴都不好意思。

「你下午到底有什麼事啊？」皇上還是懨懨的。晨起他就和皇后大吵一架，心情正悶呢。

「啟稟皇上，私事。」三郎將事情都交代了，冷著臉回答。

其實吧，離了馮家，十來年的重擔驟去，他終於有笑的心情。但別人可以笑，他可不行。有回隨皇上赴明月宴，他不慎笑了一笑，差點被強塞了兩個妾，後來還有馮知事郎「一笑誤終生」的倒楣名聲，不少名門淑媛害相思得病倒。

坦白說，他很反感。拖到二十幾歲才讓皇上半開玩笑的指了婚……之前那些女人幹什麼去了？

他承認，說好聽是心細如髮，說難聽就是萬年記仇。反正對那些不相干的人也沒什麼好笑的，他不如笑得好看點給他家荇兒看。

所以他真不是想給皇后臉色看，只是習慣的冷臉罷了。再說了，皇上明令，御書房範圍內無詔不可擅入，入者立斬。皇后這麼大張旗鼓的擺鳳駕到御書房，被攔下是應該的。他原想著不要讓帝后關係太僵，既然碰上了，自然是該勸誡拖延一下，最少也拖到皇上獲報吧？

他婉轉言說，但皇后正眼都不看他，只淡淡的說，「掌嘴。」

於是他被皇后身邊的大太監抽了一個耳光。這耳光他不能避不能還手，半邊如雪的臉頰五指留痕，嘴角滲出一絲血。

阻攔的暗衛雖然沒有動作，目光卻殺氣噴勃了。雖說皇上才是暗衛的主子，效忠的對象，但馮知事郎一直都是皇帝的心腹，日日與他們操練武藝，雖非暗衛一員，卻是同袍兄弟。

今日卻被不守宮規的婦人所辱。管他是誰，膽敢越雷池一步，照斬不誤……皇后也不例外！

皇后看了一眼大太監，大太監立刻叱喝，「大膽奴才！還不讓開？竟敢阻擋鳳駕，想滿門抄斬麼……」

「朕倒沒那麼狠心滿門抄斬。」皇上踱了過來，語氣淡淡的，「誰該死死誰就行了。」

他俐落的拔了暗衛的劍，神情淡漠的一揮而過，大太監已然梟首，滿腔的血若泉湧噴濺，宮女太監尖叫此起彼落，連皇后都臉色大變，一個踉蹌，卻又倔強的勉力站穩。

「皇上，為了一個佞臣……」

皇帝冷笑的打斷皇后，「梓童，別扯遠了。妳也是世家千金琴棋書畫的，不至於不識字吧？」他指了指院口的石碑，「無詔入御書房立斬。」他笑得更冷，「朕也想人後教妻，可惜梓童不給我這個機會。」

他抓起大太監猶然眼睛大睜的首級，扔給看守院口的暗衛，「吊在院口示眾，屍體扔出去餵狗。你們真太不像樣了！膽敢在此呼喝喧譁，任憑是誰，都該一刀斬了！之後自去領三十軍棍！」

轉頭又罵三郎，「看你夙昔硬骨，今日卻忒沒氣性！堂堂朝廷重臣，竟讓個後宮婦人屈辱！還不回去反省！」

三郎冷漠的躬身行禮，轉身就走了。

其實他明白，皇上罵他是維護他。他也明白，皇后硬闖御書房是一種試探——後宮唯有她有皇子，佔盡了嫡長。她不滿足於統領後宮，想要更多權勢。

他都明白。

但他還是覺得被深深的羞辱了。尤其是這一天，特別重要的一天。原本他那麼歡喜，百忙中硬擠出這下午的休假，計畫得完美無瑕，卻被羞辱得支離破碎。

怒火中燒，許多過往陰暗痛苦的回憶如湖底淤泥揚起，第一次他甩掉身後的隨從，快馬加鞭的回了留園。

原本笑著迎上來的芷荇轉驚愕，「……這是怎麼了？」

三郎扭頭不願讓她碰，忿忿的回房。

芷荇追進去，本來還很有耐性的溫柔詢問，三郎卻只顧生悶氣，理也不理，芷荇終於也被惹毛了，「好哇！如今官威重了，脾氣見長啊！不說話誰知道？吭聲啊！是不是那個狗皇帝揮了狗爪子？」

三郎深吸一口氣，覺得自己發這場脾氣真是既任性也沒道理。「……我攔了皇后不給進御書房。」

「皇后是吧。」芷荇摘了牆上懸著一把短劍，「我這就去宰了她。」說著就往外走。

……荇兒可是說一不二的主！

三郎大驚的拽住她，「別鬧！」

「誰鬧了？」芷荇殺氣沖天的掰開他的手。

他趕緊抱住芷荇，「我鬧，是我鬧了！」

芷荇掙扎，「你不鬧，我鬧心！我的男人是誰都能隨便遞爪子的？我還以為只有慕容家一窩子狗賊，哪知道娶的媳婦兒更是狐假虎威的破爛貨！早早了帳了，省得禍害完我男人又禍害了蒼生百姓！」

三郎苦笑著又哄又勸，心裡的委屈和怒火反而慢慢平息。只是喉頭哽著，其實，他受過的委屈和痛苦比這巴掌更多更深沉。

他不敢細想為什麼會對著芷荇無理取鬧。或許是因為，也只有她會焦急，會心疼發火，會衝動的想去為他出口氣。

「是我不該，我不該。」他低頭了，「我不該對妳亂撒氣，我不對。」

芷荇靜了下來。其實吧，她是耍了點心機。用膝蓋想也知道她不可能去宰了皇后……但三郎難得發火，這火卻是委屈的。他們這種強硬一輩子的人，不是真的堅強，而是除了自己，誰也不會護著寵著。

別人可以不知道，她怎麼能夠不明白。

「……就容她多活幾年。我先拿藥給你擦擦吧。」她低聲。

三郎不太放心的鬆手，她拿了個白瓷瓶兒，挑了藥膏，細細的抹，火辣辣的疼緩和了，涼絲絲的。

「下午，你要帶我去哪？」芷荇柔聲問。

沉默了一會兒，「本來想帶妳去看鬥雞，蹴踘。」三郎無奈的笑了笑，「聽起來……很沒出息對吧？但那是我……曾經非常快樂的少年時光。」

以前不敢回想，越想越痛，越想越窒息。曾經有多美好，之後就完全是地獄。

現在卻覺得可以回想了，甚至希望荇兒認識的是那個歡快笑聲不斷的他，而不是這樣……傷痕累累、陰晴不定的自己。

芷荇困惑了一會兒，不明白為什麼特特的要在這一天……靈光一閃，啊。

今天是臘月初一。他們去年的這一天，成親了。

難怪他這麼失控、這麼生氣。他計畫這一天……很久了吧？結果現在帶著個巴掌印。

「……咱們去吧？」芷荇踮腳親了親他，「我還沒看過鬥雞呢。」她笑得有些狡黠，「順便還可以讓皇后添添堵。太后都沒那麼威風呢，敢讓人掌摑朝廷大臣。」

雖然有點不厚道……但三郎笑了起來。「鬥雞的門道很多，我們去瞧瞧，細細說給妳聽。」

於是，這對小夫妻打扮得漂漂亮亮的，三郎泰然自若的帶著那個鮮明的巴掌印，去了城南的墟市——京城最高檔的鬥雞場就在這。

只能說，人正真好。挨了這麼重的一巴掌，浮起紅痕了，卻似雪落飄零紅梅，不見狼狽，反而有種哀戚的楚楚感。偏偏三郎神情淡漠，只有對著芷荇時，才如春雪初融似的溫笑。

站在肌雪顏花的馮知事郎身邊，面嫩清秀的馮夫人應該被壓得毫無顏色才對。怪就怪在這兒，論五官輪廓，馮夫人真的拍馬不及馮知事郎。但她清秀得有些平淡的面容，像是畫的筆骨，真正填上的卻是鮮嫩嬌柔的顏色和氣韻，正是芙蓉極盛時，一麗一妍，相得益彰，真真讓人目不轉睛。

所以那個巴掌印特別鮮明。

講真的，寧願摸老虎屁股也別惹這對心眼兒太多的小夫妻。事後皇后追悔莫及，卻悔之晚矣。

出門之前，芷荇把吉祥叫來交代兩句，全留園鎖門放大假，馮家僕傾巢而出。荇兒都願為他出氣了，三郎當然以妻為尊，也讓吳銀去把雀兒衛的頭頭喊來面授機宜，心安理得並且公器私用得非常理直氣壯。

三郎和芷荇只負責散心和亮巴掌印。流言之快之速，令人難以想像。從一開始的「皇后跋扈令人掌摑馮知事郎」，扭曲了幾百手以後，變成「皇后強迫未遂，怒甩了馮知事郎耳光」。

當然，最後的版本更八卦更戲劇化更狗血。想想啊，皇帝寵愛馮知事郎歷久彌新，連馮知事郎成親後依舊榮寵不衰。當中被陷害坐了幾個月的牢，還被逐出族譜……馮夫人的大哭喪，準備同生共死，大夥兒印象還深刻著呢！

根據最新情報，皇帝是落花有意，流水無情，可人家皇帝還是護著的。馮夫人不用說了，兩口棺材都備下了，大哭喪轟動一時，說書段子到現在還是大熱門。

這皇后還真是……聽說為了見馮知事郎，硬闖御書房呢！嘖嘖……

在流言傳得越來越扭曲、越來越聳動的時候，三郎和芷荇攜手逛鬥雞場，繳了兩個錢當作沒白看，結果還贏了十文錢，兩個人都笑了。

原本三郎還怕芷荇看那血花四溢的場景會害怕，沒想到她噗嗤一聲。

「……我總覺得女人會怕血是件奇怪的事情。」芷荇含蓄的說。

「怎麼說？」三郎覺得女子嬌脆，看到血哪有不害怕的？

芷荇在三郎耳邊輕語，「一個月要流七天的血，若看血就暈，一個月可要昏倒好幾天啦。」

三郎臉都紅了，瞋怪的拍了她兩下掌心。「傻大膽，什麼話都敢說。」拉了她去看籠子裡的鬥雞，沒想到說得頭頭是道，什麼趾藏刃、翅塗芥，怎麼樣的雞鬥性強，根性好，要怎麼餵怎麼調教，有鼻子有眼的。

「年紀小小就來賭鬥雞？」芷荇偏頭看他。

三郎低頭輕笑，「……小時候我最小氣，輸個幾文就一整天不開心。後來就很不喜歡賭，贏了高興只有一會兒，輸了卻要生氣一整天。那時候只喜歡養，別人覺得不好想淘汰的，被我養得打遍天下無敵手，這我就很開心。」

「其實我最想養鷹，可家裡不准。沒辦法，只好養幾隻鬥雞過過癮。」

後來又拉她去看蹴踘，一時技癢，三郎也下去小試身手。看得出來已經生疏，但麗人如玉，眉眼含春，還是獲得滿堂彩。最後鬥雞賺的那十文錢添了點，買了個彩踘回去，三郎笑著說要教她。

像是少年無憂無慮的馮三郎，穿過了時間長流，帶點羞澀朗笑的，牽住她的手。

今年節氣遲，臘月還是濛濛細雪而已，三郎打傘遮著他倆。靠得近了，誰也沒被雪打寒。

食罷浴後，三郎堅持她在床上坐好不動，掏出一塊紅蓋頭幫芷荇蒙上，眼前只有一片大紅。

「那時……我只用手掀了紅蓋頭。」三郎的聲音有點歉意，拿著秤桿將紅蓋頭挑起，芷荇抬頭看他，他也溫柔的回望。

對的。紅蓋頭要用秤桿挑起才對。表示新郎對新娘稱心如意。

「……這種事，還有後補的啊？」芷荇覺得鼻酸，強笑著低頭。

三郎抱著她，久久無言。一年了。覺得好短，短得像是昨天才發生。又好像很長，長得已經如此一輩子。

「我給妳交代。」三郎在她耳邊輕語，「我這生都交代給妳。」

芷荇終於被三郎弄哭了。

至於這個後補的洞房花燭夜意趣如何，瞧這對小夫妻都如敷胭脂，姿容潤澤，大約可略知一二。

一直兢兢業業、勤勉有加的馮知事郎，頭回想裝病不早朝。最後是芷荇惦念著他的藥膳，硬下了床，三郎只覺得娘子一離被窩就冷得慌，才無精打采的起床穿衣，懶懶的用了早飯和藥膳，嘆著氣離家了。

後來他才覺得沒裝病真是明智的選擇，要不怎麼聽得到讓皇后灰頭土臉的大八卦。這個流言後座力之強，真是始料非及，之後的發展完全逸脫常軌。更因為處置了幾個不肖后族子弟，差點醞釀成了廢后風波，著實熱鬧了好一陣子。

從頭到尾，他都是看起來最無辜的那 個，樁樁件件都牽扯不到他。

水能載舟，亦能覆舟。百姓如此……流言也如此啊！

三郎頓悟了。

不得不說，這開啟了三郎為官的一個新視野，讓皇帝非常欣慰，很美的把這歸諸於自己的潛移默化，狼狽為奸時也有個表面正經嚴肅的掩護和搭檔……事實上，應該是芷荇的啟蒙，但是皇帝不知道，就算知道也不會承認。

只是這對諸相百官乃至於太后皇后等後宮妃嬪，絕對不是什麼好消息。

自從三郎開了這個「新視野」之後，廢后風波雖去，卻餘波蕩漾很久。原本想坐收漁翁之利的太后和皇貴妃，卻莫名被娘家子姪牽累，被皇帝理直氣壯的勸戒和訓斥了幾次，不得不把尾巴夾緊了，低調做人。

芷荇卻漸漸的有些不安。

當然，三郎在她面前一直都是溫柔依戀，甚至有些孩子氣的可憐兮兮。但她畢竟靈慧，雖然三郎鮮少對她提及外事，終究自己能看出點端倪。

原以為，他那樣冷心冷面，不過是在馮家多年冤屈心結難解，既然這樣光明正大的出了馮家，那塊心病也該緩了……哪怕是病去如抽絲，也能慢慢的暖和過來。

但冷眼看去，卻不由得暗暗心驚。

他會成為「孤臣」，並不是忠君，而是皇帝拉過他一把，他厚待趙公公，是因為趙公公待他如子姪。與暗衛們還有點交情，只因為這些人能力保皇帝。

到今天，他對家僕還過得去，不過是因為芷荇看重罷了。能容得吉祥、如意在眼前端飯送茶，也是瞧在芷荇的面子上才和顏悅色，但是在跟前多留一刻他都不樂意。

說白了，他就是個「孤人」。有的人殘虐，不把人當人的凌辱，到底還是意識到對方是人，飽含著惡意看人痛不欲生。

但三郎卻更嚴重一點兒，除了少少的幾個擺在心裡的人，其他人於他而言，與物無異。就像是他不會沒事去砸茶碗，沒惹到他時，他也視若無睹。但惹過了他的界限，傷了他的人，只要逮著機會，他會耐性長遠、不死不休的快意恩仇。

即使收拾過了，芷荇偶爾會在他的衣服裡嗅到很淡微的血腥味。

斟酌復斟酌，芷荇還是凝重的跟三郎講，「俠以武犯禁。」

藥膳喝了一半，三郎卻覺得喉頭噎著，再也吃不下什麼。荇兒是個不吃虧的主兒，卻是善巧，再恨也不忍奪人性命。

他不同。對自己父母兄弟恨之入骨卻無可作為，對其他人更冷血無情。什麼禮教理法，也不過是不得不撐著糊弄世人的玩意兒。

但他實在不希望荇兒知道他陰暗的這一面。

「……那一位，無人可派。」他躲著芷性的目光，「雀兒衛手太重，只能讓我去看著。」

「避重就輕。」芷荇撇撇嘴，很不留情的戳破他，「我知道你不把禮與理看在眼裡，只是表面粉飾著。但這兩樣東西，是雙面刃。留著傷自己當然是傻瓜，但用得好，殺人不見血，還沒人說你不是，這才是高明的做法。」

看三郎驚愕的看她，芷荇噗嗤一聲，「你當我是好人？我不是。」她接過藥膳，一調羹一調羹的慢慢餵三郎，「於我而言，殺人很容易。不容易的是，再高明的手法也總會露出點首尾，簡直是授人於柄。將來我們會有子女，我若把後宅搞得腥風血雨，我怎麼問心無愧的教養孩子？」

三郎整晚沒講話，神情很是鬱鬱。芷荇也沒再多言，只是在燈下縫著圍脖。近年了，三郎卻還是每天冒著大雪外出，雖有披風，也擋不住雪往脖子裡飄，有了這個也少受點寒。

等到睡下，三郎遲疑著從背後抱住芷荇，「……妳怎麼知道，我不把禮法看在眼底？」

芷荇輕嘆一聲，「莫怪皇后不待見你。她這耳光大概積怨已久……你怎麼就把個那麼漂亮的少年薦給皇帝？即使有遠因近果，可是……」

臘月中，三郎帶了個面目黝黑的少年回來，洗過臉以後讓她大吃一驚。她以為三郎已經是人中龍鳳，絕無僅有的美郎君，誰知道天外有天。這少年過年才十七，一雙狹長的鳳眼，眼尾含媚，雙眉娥長，肌膚宛如暖玉捏就，從雪膚中透出一分天生的粉桃暈，脣不點自朱，端地是仙人風姿。偏偏目光鋒利帶煞，凌厲異常，這才讓那過分的美貌添了十足的英氣。

雖然只待幾天就走了，三郎也跟她提了這個名為「子繫」的少年與皇帝的因緣牽絆。看似有理，但也因此惹動了她的疑慮。

「……反正皇后一直看不起皇上。」三郎的聲音轉冷，「他那人……已經苦得出膽汁了。讓他高興幾年，有什麼不對？」

原來皇后出身於世門陳家，論門第與第一世家慕容府相彷彿。論規矩教養，那更是比慕容府嚴格十倍。陳皇后自幼聰慧，端莊美貌，又是嫡長女，更是苦心教養。原本最有機會問鼎帝位的四皇子只納側妃卻遲遲不立正妃，就是等待陳家姑娘及笄。

雖說年紀相差了七、八歲，倒也算得上有點遲的青梅竹馬。誰知道天威難測，先皇把陳姑娘指給了還在南都不務正業的順王，定親沒多久，四皇子就因為「巫蠱」被圈禁了，沒多久就急病死了。

陳姑娘心不心碎，那倒尚未可知，最少沒傳出什麼風聲。順王妃還沒當過一天，就直接成了皇后，不能說不算尊榮之至。只是陳家為四皇子搖旗吶喊、出錢出力，先皇就兩個嫡子，為了保險起見，難免給順王下絆子找麻煩。

結果陳大姑娘成了皇后，陳家卻尷尬異常。政德帝又是個荒唐的，不輕不重的拿陳家磕牙說笑，待國丈府更是不冷不熱，也沒照例封侯……陳家也有世家固有的毛病和困境——子弟紈褲多、有出息的少。好在知道皇帝不待見，很識時務的夾起尾巴低調做人。

這對帝后來說，卻是個不好的開端。之後皇帝倒是想辦法修復關係，一個月幾乎二十天都待在皇后那兒，差點讓三宮六院鬧革命……可惜皇后不怎麼領情。

「皇后……是個規矩人。」三郎冷淡的評價，「笑不露齒，行不搖裙……我敢說她全身掛滿鈴鐺走路也不會發出一點聲響。」

芷荇噗嗤一聲。她家三郎刻薄起人也很不一般。

「但那一位……終究不是在深宮教養出來的。他八歲就遠封了，幾乎是民間草莽自養自的長大。他好色、荒唐，種種說不出口的毛病，多得數不來。我們……是有些像。但我只想死，也把別人都當死人。他比我勇敢多了，還會相信滴水穿石，有機會過上人間百姓的賢妻嬌兒的生活……

但皇后壓根看不上他。嫌他粗魯無文，同吃頓飯都得皺上十幾次眉頭……」三郎安靜了一會兒，「那一位沒人能講話，只能跟我講講。妳相信嗎？到現在，小皇子會說話了，但只會喊母后，看到皇上卻只會躲……靠近一點就大哭。」

什麼倫常……去他的。反正昏君佞臣誰也別想逃得過這破名聲。在他心如焚灰，只欠一死的時候，只有這個荒唐皇帝扯了他一把。只有他知道總是笑嘻嘻的皇帝心底泡著怎樣的黃連湯。他壓根不在意這個搭橋拉縴薦孌童的惡名。

但他……還是擔心一件事。

「荇兒……妳會瞧不起我嗎？」他的聲音很軟弱，而且無助。

「傷心是有點，但瞧不起是一點都沒有。」芷荇故做憂愁狀，「我醋呢，酸死了。慕容皇家果然沒個好東西，替他做牛做馬不說，還把我親親夫君的心搶了大半去。就別落到我手上，非得讓他一輩子不舉……反正他有兒子了，不舉還落個六根清淨，後宮安寧。」

「……妳也就把話說得狠罷了。」三郎笑了起來，在她頸窩蹭了蹭，「我總覺得……不踏實。為何那一位慘成這樣……」他的聲音越發的輕，「憑什麼我能有這麼好的運氣……」

牛角尖啊牛角尖，為什麼她夫君就愛鑽牛角尖？

「這個嘛，也不過是我往你走一步，你也願意往我走一步。走著走著，就走到對方心底去了。」

她咧嘴一笑，安撫的摩挲他的背，「慕容皇家祖上不積德咩，帶累子孫，把個草莽的荒唐浪子和規矩方正得幾乎成怪癖的姑娘綁在一塊兒。皇帝往前走一步，皇后要倒退七八步。走上一輩子，也只能越行越遠。

「那一位好色也不好色得徹底點，三宮六院一碗水端平，你看皇后還拿不拿架子？都是慣出來的毛病兒。實話說吧，我也搞不懂男人為什麼要端個爛風流架子，女人要揣著破賢慧名聲。我本來也納悶，咱們連大點聲拌嘴都少，會不會太客氣了？……」

「妳這麼講理，凡事為我……」

芷荇悶笑，「哪是啊，只是啥事都是比較出來的。一輩子遇到的都是無事生非、無理取鬧的人。相較之下，就覺得彼此都太斯文講理了，萬般的好。可見呢，人性本惡，打小兒就要摔打吃苦一番，大了才知道要惜福。」

黑暗中，三郎習慣性的拿著芷荇的手摩挲。他該有的瑣碎都有了，芷荇的針眼比較少了……但多添了幾處為他做湯的痂痕。

吃苦也為我，挨磨也為我。

一起頭，那樣行屍走肉似的人，明明常常被嚇著，還是一步步的往他靠近。只因結髮為夫妻，所以她不移。

不知道為什麼，在她面前就是口拙嘴笨。甜言蜜語，太輕浮。信誓旦旦，反而覺得不誠心。

「我窮得只有妳了。妳不喜歡什麼，我都改。」三郎的聲音有點發顫。

芷荇只覺得滿懷憐意，眼淚差點奪眶而出。她覺得自己吃的苦已經很多，跟三郎比起來，根本活得太甜。

她吸了吸鼻子，「你能活到九十九，我就什麼都滿足了。」

臘月起到過完元宵，外面暗潮洶湧、亂石崩雲，三郎卻一派平靜，雖然每日回家時都沁骨的疲憊，很有些鬼氣森森的模樣。但不管再怎麼忙，掌燈前一定回來，再累也給芷荇一個笑臉，哪怕臉都凍僵了。

芷荇只能暗歎，在心裡咀咒皇帝早早馬上風，別再挫磨她可憐的夫君了。把著脈，心裡總是很憂愁的。少年時沒好生調養，又被關出點毛病，現在又勞心過甚……是藥三分毒，食膳又太慢。每天斟酌他的飲食就傷透腦筋了。

三郎倒是心滿意足。只要芷荇的心都擱在他身上，給他毒藥他也笑著喝下去。他所能求的就是如此而已，這般竭盡心力也就是為了能長長久久的給荇兒安穩的日子。

「其實佈置得差不多了，」他安慰芷荇，「春暖花開時就能敲山震虎。」

「皇帝也太狠了。」芷荇抱怨，「他倒是擁著心愛的人快活，卻讓你連年都不能好生過。」

三郎苦笑了一下，「皇上沒有見子繫……說什麼也不見。」

芷荇睜圓了眼睛，「……老天，慕容家也會出情種？突變啊！」

「情種？」三郎不解了。他一直沒搞懂皇上的彆扭。

「只有對鍾情得比自己還重要的人，才會為他考慮到方方面面，一絲一毫都捨不得委屈心愛的人。」芷荇終於對政德帝有了一丁點的好感，「這不容易，非常不容易，連我都辦不到。我寧可拖著你一起死了，也不肯讓你跟別人過好日子。」

三郎恍然。難怪皇帝說「三郎你早就死了」，難怪皇帝總是嘮叨著要趕緊給子繫娶媳婦兒。

「……我也辦不到。」三郎專注的瞅著她，「妳敢把我推給別人，我就跟妳同歸於盡。」

話說得這麼狠，語氣卻是那麼纏綿。

芷荇心甜，又有點鬱悶。為什麼他們的情話總是死啊同歸於盡啊……大過年的，這樣好嗎？

誰知道這種狠話讓三郎特別動情呢？害她也被撩撥得天雷勾動地火，恨不得乾脆一起死算了，差點雙雙閃了腰。相互幫揉腰的時候，兩個都笑個不停。

沒辦法，他們檔次就是比皇帝低得多，沒辦法那麼犧牲的大愛。絕對是嫁娶的日子有問題，他們才會一直停留在比較俗氣的冥婚階段。

「我們什麼時候會有孩子？」三郎輕撫著她光滑柔嫩的後背。

「爺，您別再折騰著去坐牢，咱們三年後就能有孩子。」芷荇嘆氣。

三郎輕笑，咬了咬她的耳垂，「放心，只有別人坐牢的份……誰想讓我坐牢，我讓他把牢底坐穿。」

結果春暖花開時，芷荇終於見識了一把冷閻羅馮三郎的手段。

政德帝命馮知事郎代天巡狩，是為欽差御史，明面上是往江南考察鹽政，沒想到半路上快馬加鞭直奔洛陽。

出這趟差，三郎泰然自若的要芷荇同行，她愕然，「……這不合規矩吧？」

「皇上就是規矩，」他垂下眼簾，沒提皇上嘀嘀咕咕又嫉又恨罵了他小半個時辰，「妳說過的，死也要帶妳去死。我不要再跟妳分開。」

芷荇覺得自己很沒原則，三郎這樣講，她立刻丟兵棄甲……讓規矩法度通通去死吧！

這一路其實非常危險又勞苦，皇帝撥了六個暗衛和三百宮衛隨行，刺客多如牛毛，防不勝防。鹽政是個大肥缺，當中的水又深又渾。各路兵馬雜沓，都分不清是鹽官還是鹽商派來的。

一路上三郎牢牢的護著她，暗衛也爭氣，但直到與宮衛分行，疾行往洛陽才算擺脫了時時刻刻鬧刺客的倒楣日子。

她是很訝異三郎的武藝騎射比她想像得還高，也很羨慕人人都能飛身上馬。哪像她，還得老老實實的認蹬，只得勉強不掉隊而已。

卻不知道三郎錯愕，暗衛們掉了一地眼珠子。

大燕皇室貴族女子，會騎馬的不算很少，但多半是顯擺，上馬的架式比上馬車還大，沒有蹬馬石和奴婢扶持，能上得利索的還沒幾個。結果這個斯文嬌柔的馮夫人，扶都沒讓人扶一下，只換了件胡服騎裝，一點足就認蹬上馬。幾日飛馳還一派輕鬆，行若無事，倒讓原本想跟她共騎的三郎失落了一把。

「……妳幾時學會騎馬？」三郎對傅氏傳人的認識又更添了好幾層的敬意和詫異。

「七、八歲的時候。」芷荇嘆氣，有些失落，「可惜了，我娘身體不好，祖傳的騎術就這麼失傳了……我是跟請來的師傅學的。那時……我爹有個寵得差點為她休了我娘的美妾。我娘覺得未雨綢繆的好，總不能情非得已要逃命時，有馬都不會騎……所以我學了兩三年。只是騎得不太好……」

三郎瞥了還有兩個落在後面勉力跟上的暗衛……決定把芷荇所謂的「騎得不太

好」爛在肚子裡，省得太打擊人。

原本他把共騎會拖慢的時間都計算在內，沒想到芷荇太爭氣，硬是早到了三天。迅雷不及掩耳的，帶著當地駐軍拿下了皇貴妃的幾個堂弟和三哥，抄了皇貴妃四叔的家，幾乎半個洛陽的官員都被牽連了，原本宛如土皇帝作威作福的外戚，立刻土崩瓦解，太后刀下留人的懿旨還在路上，三郎已經監斬了四十三個罪證確鑿的地方官員與皇貴妃的外戚。

唯恐芷荇害怕，又憂慮不法之徒劫法場或刺殺，所以三郎前頭監斬，將芷荇留在後帳，用竹幕遮住。

但她還是悄悄的掀帘看著。

場面血腥恐怖，哀鴻遍野，咀咒和求饒喧囂甚上。許多陪著監斬的官兒有的暈有的吐，連她都要強忍住翻騰的胃。

只有三郎神情淡漠。既不歡喜，也不發怒。可以說完全的無動無衷，平靜的把該辦的事辦完。

死了那麼多人，他沒有絲毫憐憫，也沒有懊悔、不忍。

他……果然將心房外的人，徹徹底底的視為「物」。所以才能這麼理智冷漠的處置吧……？

是不是，有些傷痕，即使不再腐爛，但留下的疤會格外硬實扭曲，永遠好不了呢？

終於監斬完畢，三郎淡淡的吩咐清理刑場。他明白，這場大殺後名聲會很不好聽……誰在乎呢？太后和皇貴妃攀親帶故的，襄國公一脈已經根深柢固，搞得天怒人怨了，不趁皇貴妃的外戚根基還淺，亡羊補牢，難道還等著再出一個襄國公？順勢敲打一下蠢蠢欲動的陳家。不要以為出了個皇后就能比照著出頭天。

皇上不喜歡連誅九族，只殺犯國法須誅的首惡，已經太心軟了。人終有一死。在觸犯國法魚肉百姓之初，就該想到會有這麼一天。

或許有一天，這頸上也會砍下這一刀。他漠然的想。和這些人最大的差別是，他們其罪當誅，我問心無愧。

但他的冷漠在觸及芷荇有些複雜的眼神時，突然湧起一股莫名的慌亂。

「不是不讓妳出來嗎？」他又急又快的輕斥，卻不敢看她，甚至不敢碰她的手。

他不在乎雙手血腥，但他不想讓她沾到那些血腥……更可能是，他希望在芷荇眼中，他一直是乾淨的。

但他又把荇兒帶來。或許，或許吧。他強求了，更希望不管他是怎麼樣的人，荇兒都會在他身邊。

「血氣也是會傷人的，知道不？」芷荇握住他的手皺眉，「過來讓我把把脈，我瞧瞧……還說讓人把牢底坐穿呢，沒了腦袋，用什麼坐穿牢底？」

或許他缺了一點什麼吧。被折磨那麼多年，哪能完整無缺。但她的三郎……非常理智，絕對不會濫殺無辜。既然賣給了皇帝，哪可能雙手乾淨沒點血腥？

她拉了一下，三郎卻沒動。

「就像妳看到的，我就是這麼個……殘酷又毫無憐憫的人。」他的聲音啞而乾澀。

芷荇眨了眨眼，眼睛很酸，心也很酸。「只要你佔著理，你要殺人，我替你遞刀子。你要放火，我給你打火摺子。你若不佔理……我親手結果了你，你在十八層地獄等我一等，很快我就到。」

這是她最大的讓步了。

三郎鬆了口氣，這才發現差點忘記呼吸。「好。本來我就把自己交代給妳了。」

芷荇拉著他走，非常習慣的遷怒，「說來說去，都是狗……那一位不好。把什麼破事都推給你，把你害得……你有什麼三長兩短，我先讓他償了命再去尋你。你可千萬走慢些……我還要先去刨了他家祖墳。」

在遙遠的御書房，尊貴的皇上連打了十幾個噴嚏，湧起了強烈的惡寒。趙公公急著要去喊太醫，皇上青著臉阻止他，「上個火盆先，冷得緊……嘶，出著太陽還倒春寒？」說著又打了幾個噴嚏。

來時凶險，歸途更是萬般不平安。但在離京不滿百里的偏僻山道時，遭遇了最險惡的埋伏。

三郎只撳簾丟下一句話，「待在馬車上，千萬別出來。」，立刻砍斷了車轅，讓已然受驚的駄馬竄走。

情勢是不太妙……對方有二十幾個，他與暗衛加起來不過七個。但這樣隱密策劃的路線會被仇敵知曉，這些人之中必有臥底。

但現在不是計較這個的時候。刺客們已經疾衝而來，身手靈動，看起來都是高價做人命買賣的。

可惜，他們錯估了暗衛，更把他的身手錯估得離譜。

狹道相逢勇者勝。他呢，不算什麼勇者，但他缺乏驚恐或興奮的情感，自衛殺人對他來說沒有絲毫影響，甚至還能分心旁顧所謂的「自己人」有露出絲毫異常。

但他終究不是全知全能者，並沒有防範到癱在車旁，嚇得失禁的車夫。

那車夫突然暴起，撞開車門，拔起明晃晃的匕首……三郎剛腦袋一炸，就見那車夫用同樣快的速度從車裡飛了出來，撞塌了車門，還止不住去勢的砸在山壁上，好一會兒才緩緩滑下來，癱軟在一旁。

這突來的變故讓激戰的雙方停手了幾秒，刺客們突然撲向馬車，三郎領著暗衛結成互為犄角之勢防衛進攻。

坐在馬車裡的芷荇非常不安。可以的話，她也想幫點忙……可她低頭檢討自己的武藝，不禁喪氣。她會的功夫靜態居多，內家功夫不俗，但囿於年紀和不夠苦練，也就刨刨樹吧。想刨人？要命中要害，身手不夠矯健。刨偏了，頂多就帶點傷吧，頂什麼用？

十八般武器……她使得最好的就是棍術。刀法劍法會一點兒，花架子好看，但沒實際跟人交手過。到底成不成，她也很沒底。連她使得最好的棍法，她都信心不太夠……何況這臨時的，哪來的棍啊？

果然天賦太差……白學了十幾年，臨到用時，才發現頂多在內宅保住自己不吃虧而已。既然如此，還是乖乖待著，不要出去添亂吧……

只是她都這麼自覺了，誰知道車夫會帶著一身騷臭味，舉著白晃晃的匕首闖進來……哪來得及想什麼招不招式的，她只來得及飛出一腳準確的踹在車夫的肚子上……誰知道人踹走就算了，還把車門給帶飛了。

聽著外面刀劍聲越急，越來越近，她擔心三郎擔心得坐立難安。莫添亂莫添亂……她不斷的警告自己，用畢生的修為勉強的坐穩不動。

就是太焦躁了，所以又有歹徒從那個失了車門的地方竄進來時，她未免就忘記留幾分力，一托肘擰出五個血洞，逼那不識相的東西掉了刀，這一腳踹得更狠……乾脆的塌了車門旁的柱子，那人根本黏在山壁上扮壁虎。

「芷荇！」三郎驚怒的吼。

「……我、我沒事。」她看著半塌的馬車，悶悶的回答，「你小心。」

三郎越發不留情，原本想留的活口根本就不要了，全殺乾淨以後，他焦急的拉開車簾……芷荇大大鬆了口氣，對著他微笑。

一旁的暗衛默不作聲，內心卻有無數戰慄的吶喊。馮知事郎絕非善類，大夥兒都知道。誰知道不是一家人，不進一家門。這個嬌嬌弱弱的馮夫人更凶殘啊！那車夫還有半口氣，黏在山壁上那一個已然骨碎筋柔，花了老大力氣才拖下來……脊椎、頸椎，寸寸斷裂，死得不能再死。

回頭看看半塌的馬車……這是一個怎樣暴力極致的境地。

「他們還好嗎？」芷荇有些擔心的問，「我就踢了一腳，應該……沒大礙吧？」

三郎睇了暗衛們一眼，接過話來，「沒事兒，暈過去而已。只是得帶下去審……車夫和馬車是誰安排的？仔細查。」

暗衛們很乖覺的把話嚥進肚子裡，心底的怒氣也升騰起來。格老子的，差點背了黑鍋……這馬夫是洛陽雀兒衛安排的，到底是哪個環節出狀況，當然得查，好好的查！

幸好夫人給你留了半口氣。暗衛們獰笑著折了折骨節，把那車夫捆得跟個粽子似的，嘴巴還很講究的綁了，咬舌自盡什麼的，想都別想。老子們的清白都在你身上呢！

三郎寒著臉，扯開未毀卻有些卡住的車門，小心的抱著芷荇上馬。

「……我沒護好妳。」他很自責。

「呃，其實吧，雖然不敢給你們添亂，我護住自己的本事還是有點兒的。」芷荇小心翼翼的說，她想回頭看那兩個被她踹的人怎麼了，三郎卻將她抱個滿懷，不給她看。

其實他也不太知道自己在想什麼，甚至不知道為何有些生氣和惶恐。芷荇比他想像的還武藝高強，只是不自知而已。

他不想荇兒知道這個。

或許吧，他是害怕。他害怕苻兒也繼承了傅氏剛強決烈的性情，他害怕苻兒知道了其實不需要他。

「……太危險了，以後我還是自己出差辦事吧。」終究他也只這樣低低的說。

芷苻變色，而且委屈。明明我一直乖乖的，一點亂也沒有添，為什麼?!

「你明明答應我，死也帶我一起死！」她難得的高聲發怒。

像是心被撓了一下，又酸又疼又舒服。

沉默到芷苻快抓狂的時候，三郎終於輕輕嗯了一聲，「……好，我永遠都帶著妳。」

就如三郎所承諾的，他一直帶著芷苻，到處執行欽差御史的職責。在秋天來臨前，三郎親自監斬的皇親國戚與大臣累計已有九十九人，所抄之家不計其數。

也因此獲得了一個「冷閻羅赤煉蛇」的渾號，朝臣遇到他無不臉色大變的繞著走。

當然，也被參得亂七八糟，足可壓垮御案。照上面所列的罪名，足夠他連誅九族個十幾次。

但他不在意。

為了佈置這一天，皇上裝瘋賣傻到現在，想辦法把情報路子拓展開來，才能雷霆一擊的迅速拔除當前最緊急的、幾乎要成型的外戚之禍。

砍腦袋很簡單，但是砍完腦袋的後續人選和善後，非常不簡單。他和皇帝沙盤推演多少年，這才佈置完成並且執行到底。

這個「暴酷」的身後名，絕對是坐實了。總算是給後世史官找了點事情做。不然他這「奸佞之臣」，實在太沒有東西可以寫了。

芷荇的確是個聰敏的，甚至常常會詫異如此簡單的事情別人想半天還一團亂麻，非常詭異。

她願意動腦筋的時候，的確是罕有人能及，但就她的個性和經歷而言，實在她很厭恨那些無聊的爭權奪勢，為了利益醜態百出。

當然，沒錢萬萬不能的道理她很明白。但三郎的位置註定他們和撈錢沒有緣分了。但是富有富的過法，窮有窮的過法。在她看來，俸銀祿田就夠一家大小嚼用了，即使風波起伏得這麼厲害，也曾有門可羅雀的時候，但毫無血緣關係的繼外祖卻一再遣人關切，參股紅利也沒在他們最落魄的時候昧下來，反而早早送上門……這些也就夠有餘裕，有個什麼急用也不會輕易拿不出手。

她自己的嫁妝經營得還不錯，將來兒聘女嫁是不用愁的。

錢，夠用就好。食頓不過斤許，眠臥不滿一丈之地。珠翠華服，胭脂水粉，又不能時時刻刻看鏡子，便宜的還不是別人的眼睛？荊釵布裙也就夠了，不妨礙做活爬樹跳屋頂，三郎見了照樣眼睛一亮。

那有什麼理由要去爭更多更奢華的物事兒呢？不當吃不當用的，還得留神別砸了，一個聲響一堆銀子，多心疼。爭權勢更是給自己找麻煩……吃飽沒事幹才會去找堆事兒給自己勞心勞力。

大概是閒出來的毛病兒。真的太閒，何不去學陶侃搬磚，最少鍛鍊到了體魄。

雖然三郎不太跟她講朝廷事，但跟他到處監斬抄家，還看不出首尾，白瞎了她身為傅氏嫡傳的身分。

說起來，慕容那個死鬼前皇真是遺禍千年。有三分腦筋的都知道內不用太監，外不重外戚吧？不用太監這點倒是守住了，但是倚賴皇后（現今太后）娘家人也倚賴得太深了吧？完全是個小事精明、大事糊塗的料，只能用間歇性腦麻形容，比羊癲瘋還嚴重。

對自己的兒子防範忌憚得這麼狠……也就是因為怕兒子等不及讓自己「崩」了當皇帝，對外戚卻信賴放縱……尤其是襄國公，寵信到沒邊。除了外戚們不會威脅到帝位，還有個兒時情誼——襄國公是先帝伴讀。

結果好了吧？十三個皇子，被疑神疑鬼的腦麻父皇逼得結黨自保，骨肉相殘，最後或死或廢得超乾淨……剩下一個遠封在外的順王。這場皇家腦殘的自我攻伐，最大得益者不是天天捧冠冕喊不幹的政德帝，而是趁著先帝跟兒子們對幹，無暇國事時，趁機坐大的外戚。

芷荇非常難得的同情起政德帝……這真是個超級爛攤子，是個人就不會想幹。襄國公把持朝政一二十年了，大半個朝廷都是他的人。子弟、門生、爪牙……捐官成風，只差沒叫賣了。銀子呢？國庫空虛得連老鼠都沒有，所有非正常收入都流向襄國公府和一干外戚家裡了。

結果這些傢伙居然有臉罵皇帝賣官鬻爵——起碼賣商家的官爵是虛銜，銀子繳得是國庫。人家都肯腦袋拴在皇帝的腰帶上跟著做事，打通情報路子了，賞個虛銜給後代子孫在家世上墊高一點，讓取得功名的難度降低些……不為過吧？

明顯的，朝廷大臣不這麼想，連史官都義正嚴詞又痛心疾首的濃墨一筆「貪婪昏庸」……好吧，他們是讀書人，筆在他們手底，能怎麼辦呢？

一路跟著三郎砍腦袋兼抄家，芷荇真感嘆。這對「昏君奸臣」也不徹底點，還講究什麼真憑實據。看吧，腦袋砍得太晚，受害的黎民百姓又多又無辜。抄家油水之厚……說富可敵國還真是輕的。

這都是民脂民膏啊。

知道越多越沉重，可憐她的三郎，只能苦苦幫著狗皇帝補破網。外面就收拾得焦頭爛額了，結果後宮還跟著添亂……這些閒得只能宮鬥的女人就不能消停點？

不得不誇獎一下，皇后的政治嗅覺真是史無前例的靈敏，可惜智商高不代表情商高。她目光超準的察覺了皇帝預備將御書房打造成一個真正的政治中心，延攬真正辦事的大臣，把腐爛又冗而無用的朝會架空起來。

仗著她是唯一有皇儲兼國母的身分，她有意識的鹵莽一把……皇帝總不會真的把她砍了。皇帝和太后的矛盾日益加深，皇貴妃是太后的人，皇帝唯一的選擇只有母族不顯的皇后。

只要能逼皇帝為她破例，她就能一步步的往前迫皇帝讓步，直到能夠參與政事……她沒有信心皇帝能活到她的兒子成年，在孩子長大之前，她不能對政事一無所知，甚至需要能左右國事。

將來必要的時候，垂簾聽政的也該是她，不是那個老虔婆。

所以她才使人打了馮知事郎的臉。再怎麼樣，皇帝再怒也只能吞忍下來。連後續皇后都想好怎麼安撫皇帝了……她可以忍，讓那個草莽的下里巴人抱一抱未來的皇帝，稍微親近一點……這是她最重的籌碼。

只可惜，想像很美好，結果卻很殘酷。

莫名的流言差點被廢后，她的兒子被帶走了，交給一個透明人似的賢妃撫養。這簡直是晴天霹靂，但皇帝的態度卻是史無前例的強硬和冷酷。甚至皇貴妃被降為武妃都讓她沒有心情幸災樂禍，她想要回兒子，皇帝殘忍的讓她選：繼續掌理後宮，當好皇后。當然也可以不要，廢后另立也不是只有他這個皇帝別出心裁，備選的人多得是。

但不管怎麼選，皇帝冰冷的告訴她，「朕給過妳機會。但妳別再想能挾天子以令諸侯。」就拂袖而去。

只是走錯一步棋，她幾乎全盤皆輸。

太后或許沒有那麼聰明，但她畢竟在後宮打滾了一輩子，沒有去自取其辱——在皇后意圖擅闖御書房之後，皇帝索性把暗衛營養馴的虎豹拉來看門守戶。雖然讓出入的朝臣膽戰心驚，但也徹底斷絕了太后試圖掌握御書房的念頭。

三郎只提過一次，語氣很惆悵。「那一位……心底很不好受。」

慕容家的祖墳大概風水不好。芷荇心底嘀咕。「最少現在他能抱兒子了。只是賢妃……」

「她是老太傅的獨生女……沒有兄弟，族人逼著要發絕戶財，連逃到家廟都躲不過，差點把她逼死了。那一位覺得可憐，破例封她為賢妃，隨便她在宮裡當居士……不然也沒人能庇護她了。」

但是賢妃……並不想撫養皇子。歷經大變，她對世事絲毫不感興趣，雖然沒有剃度，但比尼姑還要尼姑。若不是政德帝護住了她的清白，於她有恩，她不會接下這個燙手山芋。

可這個宛如世外人的賢妃待皇子比皇帝還好，親力親為，有些笨拙的教個一歲多的孩子認字。現在皇帝多半在賢妃的蕙安宮留宿，卻哄著哭著要母后的兒子睡。

「……他要自己帶孩子嗎？」芷荇睜圓了眼睛。

「再大點吧。」三郎嘆息，低下頭，「我們這種人……」他淒涼的語塞，「太窮。」

所以只要有一個能全心全意相信愛護的人，都會緊著護著，能帶在身邊，一定帶在身邊。

芷荇覺得，她對皇帝的討厭，減少了一點點。

跟著三郎到處奔波的抄家砍腦袋，差點來不及看最後一輪的紅葉。

發現去了那麼多的地方，看了最血腥和最繁華的所在，芷荇最喜歡的卻是留園，和她院子裡那棵極大極古老的楓樹，望著蕭蕭颯颯的落紅翻飛，偎著三郎聽他悠閒的彈琵琶。

她也會彈，但不知道為什麼，三郎那樣總帶微悲的性子，彈出來的卻是金玉交鳴，鐵骨錚然，有種硬朗的倔強。偶爾心情很好時，也彈得纏綿悱惻，春江花月夜。

但芷荇很快的把指法學全，彈出來的卻往往淒婉哀怨……或許是她太喜歡琵琶特有的輪指和顫音。她甚至自譜了一曲〈深院月〉，三郎驚喜讚嘆連連，她卻打算封起來從此絕響了。

她寧可聽三郎彈，颯爽乾淨，在深秋中聽來分外悠揚，萬憂皆忘。

三郎對絕大部分的人缺乏情感，反而是好事了。最少心寬。但芷荇雖然少年受的挫磨也不少，總不至於那麼慘無人道……這樣反而不好，對人情感太多。

傳承兩百多年的大燕朝，只剩一個紙糊的空架子了。秋闈特加恩科，除了文舉，破天荒的開了武舉。文舉搶破頭的考進士，武舉卻非常冷清，陷入連個武狀元都點不出來的窘境。

這在意料之外，卻也在意料之中。表面上又是皇帝的異想天開，又要武藝超群，又要懂得行軍布陣……有這麼文武雙全的人不去考文舉入進士走兵部，幹嘛跟群兵油子混得一身泥巴臭汗，一個不當心就送命呢？

天下承平這麼久……那是因為外患通常都在內戰中，年頭又好，一直風調雨順。生於憂患，死於安樂……先帝晚年奪嫡之亂，更讓疑心病重的先帝大幅削弱武將的地位。安逸得接近腐敗的大燕朝，內政之所以沒有出大亂子……原因卻挺可笑的。

徽州山多田少，卻文風很盛。囿於徽州沒有什麼世家，能闖過秀才這關已經是本領太強。最後這些讀書人，成了師徒相傳的「師爺」，從小縣令到超品宰相都倚賴這些嫻熟於律例案牘的幕僚師爺。

因為是師徒相傳的，錢糧刑事民政最少都有經驗傳承。雖然不乏貪婪心黑之輩，但是為了「徽州師爺」這塊招牌，不敢太過分。

結果造就了一個怪現象：官不官吏不吏的民間師爺，反而成了大燕朝內政還能平順運作的重要輪軸，勉強有個紙糊的架子撐住。

她問過三郎，三郎只是淡淡的笑了笑，「頭痛醫頭，腳痛醫腳。但已經病入膏肓，只能抓著要緊的地方醫了，痛也就只能讓他痛著……會痛表示一時要不了命，要命的地方可多了。」

芷荇淡淡的嘆了口氣。知道太多果然只是給自己添心煩。三郎不讓她煩心才不提外事，她還是不過問的好。

反正這天下姓慕容，關她們傅氏後人什麼事？當初太祖奶奶離宮遠走前，手上可還有虎符，有三路兵馬直屬於她。她都能不忍百姓苦把虎符歸還給威皇帝了……這已經太過，別想她還為慕容皇家多費一絲心思。

但這個恩科，還是讓她感覺到狗皇帝就是個攪屎棍，無事生非，哪邊沒事哪邊折騰。

晏安八年秋闈恩科，馮述馮二郎，高中探花。沉寂已久的京城馮家長房，迎來了渴望已久的榮耀。

狗皇帝。芷荇心裡暗暗的咀咒。明明是、絕對是故意的。馮二郎能考中進士，她倒不懷疑……被她倒打那一把，反而成全了馮二郎。那麼霸道的春藥和以一敵三，不想從此掛點，最好比和尚還清心寡慾。

百無聊賴，只好專心讀書。能十二歲就考上秀才的人，天分絕對是好的。可惜天分和人品不能劃下等號。瞅瞅，沒得想女人，專心個一陣子，就輕鬆考上進士了。

但考上是一回事，殿試被點為探花是另外一回事。人在家中坐，禍從天上來。這禍還是人禍，分外可恨。

馮夫人和馮二奶奶趾高氣揚的來留園「作客」了。

她真是厭煩到極點，但表面總是得裝一裝。直接把人扔出大門……不夠解氣。所以她讓吉祥把人請進來，客客氣氣的送到祠堂院子的偏廳奉茶。然後慢吞吞的由著如意幫她穿上繁複莊嚴的命婦服，按品大妝，異常奪目的華麗登場。

這兩個原本用嫌棄輕視目光到處打量寒酸園子，並且等得非常不耐煩的馮夫人和馮二奶奶，一看到她就變色了。

七品誥命雖小，依舊是個命婦。馮二郎是高中探花沒錯，無奈馮夫人和馮二奶奶依舊是白身。國禮在先而家禮在後，她們倆想坐著都不成。原本馮夫人還想裝暈，結果吉祥輕笑一聲，「馮夫人想是坐得腿麻？奴婢給您揉揉。」

如意嘀咕，「沒規矩就沒規矩，推什麼腿麻……」

吉祥喝斥，「如意妳太無禮了，等等領板子去！馮夫人豈是不知國禮之人？曾經貴為二品誥命呢！人總會有個不舒服的時候……幾時輪到妳我奴婢講話？人家豈不要說咱們知事郎夫人治內不嚴……不大不小給言官記一筆呢！」

馮夫人和馮二奶奶的表情說有多古怪就有多古怪，訕訕的站了起來，心裡恨極。這個不知好歹的女人！指使兩個牙尖嘴利的奴婢來羞辱她們……將來有妳好受的！回歸族譜的時候一定要刁難到妳哭出來……

可現在形勢比人強，馮老爺和族長千叮嚀萬交代，她們也只好勉強把這口氣給嚥了，行了福禮……沒想到芷荇連避都不避，坦然受了全禮，嘴裡說著，「馮夫人和馮二奶奶太客氣了。」卻連還禮也沒有，非常有氣勢的往上座一坐。

馮二奶奶是個爆脾氣，差點就衝了，馮夫人畢竟當過副相夫人，掐了她一把，硬扯出笑臉，「老三媳婦近來可好？」

芷荇不答，只是笑咪咪的看她們，等馮夫人快繃不住了，她才做恍然大悟貌，「原來馮夫人在跟我說話？可我家三郎已經除譜，馮夫人這話不甚妥當。」

馮夫人差點也衝了。用了畢生的修為才把沖天怒氣壓下，臉沉了下來，「孝道重如天。知事郎夫人這樣對待婆母和妯娌，不知言官當作何言？」

嗯，勉強有點意思了。芷荇依舊溫文的笑，「除譜之後，六親緣絕。父母不得憐兒，子女不得事親，得當陌路。我記性不太好，不過除譜書大意就是這樣吧？唉，我就跟三郎講過了，這個淨得罪人的欽差御史還是推了吧……七品小官還代天巡狩，明明是臨時的，怎麼一直掛著？偏偏皇上不放人，真是無奈……」

別說言官，連權傾朝野的襄國公看到三郎都繞著走。監斬太多，煞氣重得令人膽寒啊！

馮夫人臉白到發青。說真話，她聽說了三郎的差事了……當然傳言總是比真相還傳奇很多，也更讓她膽戰心驚。照三郎那種陰沉記恨的個性……誰知道哪天就不顧生養之恩來抄家滅族？這也是馮老爺和族長想要修復關係的緣故。

本來大家想得很簡單。除譜啊！這是多嚴重的大事兒啊！三郎再多的怨恨也得考慮將來的前途吧？被家族除譜的人，仕途從此停滯不前了……這是品德上的重大缺失。

欽差御史代天巡狩，聽起來很威風。但事實上只是暫時代表皇帝，辦完差就沒他事了，自然也沒有品階。三郎總不想一輩子當個七品小官，住在這個狹隘破舊又俗氣的小園子吧？誰不希望封侯拜相一呼百諾？

願意讓他重回族譜，就算不感激涕零，最少關係也和緩多了，家裡也能重新轄治他吧？

馮夫人氣勢頹了，還是委婉的表達了族裡的決定，還再三強調是老爺苦苦哀求的結果，很應景的哭個不停。

帕子的薑汁抹太多啦，馮夫人。這麼遠我都聞得到……妳眼睛可得疼好幾天。

芷荇覺得戲看夠了，懶洋洋的笑了笑，「老爺和夫人辛苦……可惜了。」她站起來，引著馮夫人和馮二奶奶出去看祠堂匾額，「皇上御賜了堂號。從此三郎是順德馮家的當家人，沒福氣當京城馮家的馮三郎。」

藉口！馮夫人睜著又腫又痛的眼睛怒視，「只要三郎跟皇上說一聲……」

「夫人錯重我家三郎了。君無戲言，三郎區區一個七品小官，怎敢違背皇上的旨意？」

磨了半天的嘴皮，這個小賤人就是不鬆口。馮夫人朝著馮二奶奶使眼色，雖然不太願意，還是牙一咬，眼一閉，眼見就從階梯上摔上一跤……她們上門軟語求和，這小賤人還打人……這名聲就夠她喝一壺的了。

誰知道馮二奶奶只覺得後領一緊，被戳了一下，全身都軟了，卻連塊皮也沒破。拎著馮二奶奶的芷荇表情依舊溫婉，「吉祥，抬兩張春凳來。」

馮夫人躲到丫頭婆子後面，結果不知道芷荇拎著個人還這麼如鬼似魅的閃到她面前，也戳了一下，綿軟下來，又被芷荇拎著後領。

馮夫人帶來的丫頭婆子都尖叫起來，拚命喊「殺人啦！救命啊！」芷荇兩手都提著人，只好抬腿踹垮了一個小石凳。所有的尖叫聲像是被掐住了脖子，立時停止了。

正好春凳抬來，她一個個放上去，還小心翼翼的整理這對婆媳的服裝儀容，確定連根髮絲都沒亂，才滿意的點點頭，示意家裡的婆子抬出去。

「做京城馮家的媳婦兒，不容易啊。」一路送芷荇一路感嘆，「下毒嫁禍，各種折騰。好在我還有點皮毛護身，要不現在我墳上的草都比你們高了。萬幸出了火坑啊……」

春凳一路抬到馬車安置好，馮夫人帶來的丫頭婆子吭都不敢吭一聲，逃命似的也上了後面的車，快速離開留園。

穴道大約再一刻鐘就解了吧？到時候發生任何事還要賴我頭上，那可別怪我了。

晚上三郎回來，芷荇沉著臉，「這狗皇帝就是個攪屎棍。特意找麻煩是吧?!」

三郎一笑，美得驚心動魄，卻有股強烈的駭人。「是故意的沒錯。一門兩探花……太好聽了。」他語氣更嘲諷，「可惜前探花已非京城馮家所有。」

芷荇皺眉，「……別告訴我，這事你也有份。」

「一半一半吧。」三郎漫應，笑得更美，但也更駭人。「這是個坑，要不要往裡頭跳，是他們的選擇。說不定……什麼都收穫不到，但也可能，一次把所有病灶都解決了。」

雖然京城馮家一門兩探花的美夢被不知好歹的三郎夫妻擊碎，但跨馬遊街時的萬人空巷，又讓京城馮家上下族人有幾分底氣。

這個萬人空巷人人爭睹，自然不是為了兩個鬍子都花白了的狀元和榜眼，完完全全是衝著豔若桃李的新科探花郎去的。

肌雪顏花的馮知事郎已是絕色，可惜之前太冷，當了欽差之後煞氣日重，生生損了三分顏色。沒想到他的雙胞胎哥哥比他還美得多……

只見馮探花郎述，肌膚晶瑩如白玉，和馮知事郎進相似的五官，卻透出一股漾然如百花爭春的和煦，據說大病初癒，頗有腰瘦不勝衣的楚楚感，別出一種風流婀娜。

撇開其他不講，這京城馮家真不知道怎麼生出這兩個鐘天地之靈秀到極致的美郎君，說起來年紀都二十好幾了，卻都還保持著十七八風華最盛的模樣兒。

妙得是，明明長相一模一樣，氣質卻迥然不同，只能說陽春白雪，各有擅場。

可惜原是白雪的馮知事郎已經成了冰山閻羅，這陽春花繁的馮探花郎名正言順的成了京城第一麗人，沒得比個上下了。

京城人最喜歡八卦，連賭坊都開賭盤了，就賭皇帝會不會如馮知事郎般一見傾心，成就另一段榮寵不衰的「佳話」。

但這賭盤卻大爆冷門，也讓一堆等著看熱鬧的諸相百官跌了滿地眼珠子。

其實皇帝也沒做什麼，甚至可以說正常得過分。他對狀元榜眼探花一視同仁，一起免試進了翰林院，直接從七品翰林編修郎幹起……坦白說，對於一個新科進士來說，這是個很高的起點了。

怎麼說呢？因為「不入翰林，無緣諸相」。在大燕朝，翰林院直屬皇帝，等於是皇帝的秘書群。三郎幹了這麼多年的知事郎，事實上還是屬於翰林院。只編修郎是留在翰林院辦事，知事郎隨皇帝身邊謄寫，官階是一樣的。

但隨皇帝辦事，總是比較容易入皇帝的眼，品行只要沒有重大瑕疵，往往會被外放累積資歷，然後回京城為實事官，才有機會成為諸相之一。

可政德帝榮寵馮知事郎，百官雖嘖有煩言，言官時不時找點麻煩，卻沒有主動對付三郎，就是因為皇帝從沒打算把三郎外派累積資歷，欽差御史看起來威風，事實上還是個臨時暫職。之前有馮家舊事的污點，之後更被逐出族譜。雖然後來皇帝新賜了堂號，但在士大夫眼中看來不啻一床遮羞布，世家豪族壓根不承認，依舊認為三郎不過是個德行有虧、以色惑君的佞臣，不足為患。

若不是皇帝發作馮知事郎，也沒人想真的挑事兒。

但馮二郎逑就不一樣了。

馮二郎才名在外，又是京城馮家長房的嫡長子。品行純白無玷（外表上），皇帝想用他（不管怎麼用……），明顯都是對皇帝比較有利，完全可以順利的照正常程序，將來定然封侯拜相，成為皇帝的臂膀，百官也無可挑剔。京城馮家因此水漲船高，直上青雲，宛如板上釘釘的事情。

誰承想，好色荒唐的皇帝竟然對美豔風流的新科探花郎冷淡如斯，連正眼都沒多瞧一眼，依例安置。對越發煞氣的馮知事郎恩寵依舊，那個暫時性的欽差御史就沒卸下來過，而且隱隱是御書房諸官議事的頭兒。

就是處置太正常，所以才顯得非常不正常。

若是馮二郎接受了這個任命，或許能平安的累積資歷升上去……但他連「李代桃僵」的破主意都思量算計過了，哪裡能夠忍耐慢騰騰的熬？所以自動投向襄國公的陣營，在翰林院只待了兩個月，就轉到戶部任江蘇長史（六品官，主管江蘇稅賦）。

既然得不到君王的寵愛，那襄國公也是一樣的。自然的，被襄國公「寵愛」也不是什麼愉快的事情。

但他能忍。

因為他很怨、很恨。他覺得一切都是三郎的錯，都是三郎擋在他前面，他才會碌碌無為至今。三郎殺他沒殺成，一定在皇帝面前進了讒言，所以皇帝才會對他視若無睹。

他急切的想要證明自己比三郎強，急切的想要得到足以處置三郎和芷荇的權位。已經沒有時間慢慢來了……他再也無法忍受看到三郎漠然的步入已成權力中心的御書房，他永遠沒有希望踏入的地方。

連帶的，他也恨上了皇帝，那個有眼無珠的東西。這也是為什麼他明明知道襄國公種種不軌之心，還是自願投入他門下的緣故。

棺材裝的是死人，不是老人。太后和皇帝的爭鬥，鹿死誰手未可知呢。

所以他放手一搏。反正富貴險中求。

「明明是個坑，他還跳得這麼愉快自信。」芷荇感嘆，「會考試不見得腦袋就不殘……只是殘在什麼部位而已。」

三郎淡淡的笑，微微有些殘酷。「襄國公一生謹慎，最終卻因美色露了缺口……豎子不足與謀，他偏偏納了馮逑。」

芷荇噗嗤一聲，「馮逑馮二郎可得意著，還半路攔我的馬車。」

三郎變色了。看他這麼緊張兼憤怒，芷荇趕緊說明，「沒出什麼事……大庭廣眾！只是隔著車簾拜見，跟我炫耀他已經是六品戶部江蘇長史。我只是把窗框刨穿了，他就嚇得落荒而逃……就今天的事，我沒瞞你！」

沉默了一會兒，三郎神情終於比較放鬆，「……我多派幾個侍衛給妳。」

芷荇眼神有些輕蔑。用膝蓋想也知道，三郎這麼嚴謹的人，不會去動皇帝的暗衛，頂多就是那些出身市井江湖的雀兒衛。那些人的身手……

「打不過我的人就免了。」她很乾脆的回絕，「還不如我們自家人老實好使。我沒那一位好耐性，天天舉起拳頭調教那些地痞無賴到聽話服貼。我每天的事情可是很多的，有那時間，我不如多裁幾件衣服給你。」

三郎的臉色柔和下來，輕斥著，「早跟妳說過，家裡又不是沒有人，真攏弄不來，僱幾個針線人也行……咱們手頭又不那麼緊了。」

是沒錯。芷荇承認，欽差御史的津貼真是肥得滴油……代天巡狩咩，雖說應該，卻沒想到多到讓人傻眼，直追宰相的薪俸。

「你不知道我？我是天下第一妒婦。」芷荇自嘲，「你別想有福氣穿別的女人做的衣服了……連壽衣我都親手裁給你，信不信？」

三郎笑了。只有芷荇看得到、美得宛如三春齊臨，百花爭豔的美麗。

「別人裁的壽衣，我穿了也死不瞑目，妳信不信？」三郎反問。

芷荇望著他的臉發呆了一會兒，心裡很感慨。這傢伙……越來越不老實了。把人電得頭昏眼花，誰能說個不字？

「別這麼笑了……你說什麼都是。」芷荇無奈，「為什麼你不長得讓人放心些呢？這樣我壓力多大啊……」

瞅著越發清潤溫芳的芷荇，三郎輕輕吻著她的臉，含含糊糊的回，「彼此彼此。誰知道當初娶來時還覺得擺在家裡挺安心，結果一天天越讓人擔心……」壓低聲音，三郎有些嘶啞的說，「莫非將妳太滋潤了……」

果然非常不老實！芷荇惱羞的捶了他兩下，狠狠地瞪了他一眼，臉都飛紅了。

*　　*　　*

自晏安八年馮知事郎任欽差御史起，政德帝用一種雷霆萬鈞又殘酷的態勢，暴起剷除外戚高官，株連甚廣。朝會形同虛設，僅憑好惡聚官吏於御書房，無視官階，形同皇帝自行挑起黨爭，對未被選入御書房的諸相尤其是襄國公一派來說，簡直是倒行逆施，跟夏桀商紂的初期症狀一樣。

但官位不那麼高的百官態度就沒那麼激進和歇斯底里。或許從馮知事郎下獄，引發皇帝與太后的相互試探與鬥爭後，冷眼旁觀，反而冷靜下來。哪個當官的真的乾淨？真乾淨的早早被逐出官場，搞不好連命都丟了。規模只是大小之分。

政德帝表面上看起來手段很殘，殺的官吏諸侯看似不少……但終究是罪在其職者，未曾連誅親族。

同在官場，各家底細多少都知道些。真正遭殃的不是貪官，而在能官與否。撈錢的手段能斯文些，吃相好看點，真正能辦事，沒太牽涉到直接為虎作倀的，即使是皇帝最厭惡的外戚族人，往往能逃過一劫甚至升官。

京城百官麼，也沒能那麼好運氣，人人族裡出娘娘等著雞犬升天。就算依附氣燄囂天的襄國公一派，全心忠誠的少，敷衍保平安的居多。

當然有人會覺得寧願得罪君子，所以還是倚靠著背後是太后的襄國公一派。但更多的官油子卻選擇悶頭幹事，撈錢手段收斂起來，把尾巴夾緊。

因為這些佔大多數的官油子已然明白，表面好色荒唐的皇帝，雖然不是小人，更不是什麼君子。

他就是個千年難得一見、他媽的流氓皇帝。

對待流氓只能講江湖道義，讓你幹啥就幹啥，別妄想落井下石兼遞太平拳……將來秋後算帳，就算能僥倖逃得性命，大概能多慘就會有多慘。

人家擺明了就是耍流氓，不在乎身後名……不，連眼前的臉皮都不要，根本沒有破綻的無賴到底。

事實證明，幡然醒悟得早，皇帝的黑手就高高拿起，輕輕放下。頂多來個聖旨罵得尖酸刻薄的狗血淋頭，然後原職「戴罪立功」。尾巴夾得夠緊，往往就此風平浪靜了。

表面上看來，皇帝實在心慈手軟到鄉愿的地步。事實上，卻是非常陰狠毒辣的手段。這麼說吧，絕大部分的朝廷百官都是牆頭草，真正得到權勢和利益的僅僅是一小撮人，襄國公府及其族人已經飽和，勉強勻出些給必須拉攏的名門豪族就已經是極限了。

先皇忙於清理門戶無心政事，生殺予奪的是襄國公，所以朝廷百官不得不服。但風向已經大變，還在襄國公這條船上等著擊沉，未免太傻。

等襄國公府驚覺時，發現除了吏部和京城兵馬監還牢牢掌握在直系手底，其他勢力已然瓦解鬆散，敷衍推托，支使不動了。

襄國公能忍下這口氣，但他的子孫已經慣得太壞。新上任的京城守拒絕襄國公孫六公子插手命案時，囂張跋扈慣了的襄國公家的三個公子當堂把京城守打斷了腿。

但這次太后的懿旨連中門都出不去，以至於襄國公因此痛失了三個嫡孫——大理寺判了斬立決，事發到斬首，兩個時辰都不到。

隨著發還的屍首，還有一道言辭淡然的聖旨，輕飄飄的問襄國公任白身嫡孫謀害朝廷命官，到底以何治家，就不容答辯的降公為侯，從此襄國公降為襄國侯，並且御工局隨旨改換門庭。

最後雖然以太后大發雷霆之怒，賞了皇帝一個耳光，皇帝恭謙的擺駕往襄國侯府親自致歉，卻因「君無戲言」，沒有發還公府爵位，只承諾將來定然發還。

但是什麼時候的「將來」，任襄國侯怎麼逼問，他也只是笑而不答。最後逼緊了，皇帝才淡淡的回，「這事兒，倒有一半京城兵馬監的錯處。鬧成這樣，兵馬監的人都到了，卻沒攔住三個公子的一時衝動……兵馬監掌理京城巡守與拱衛，卻瀆職若此，真該好好追究。」

襄國侯安靜了，低下頭，憤怒的雙眼充滿紅絲。

欺人太甚。他這個貴為皇帝的親外甥，真真踩他這個舅舅不遺餘力！他到現在能讓皇帝投鼠忌器，就是牢牢掌握著京城兵馬監。

這是先皇遺命，京城兵馬監永由襄國公家掌理。也是這個疑心病非常重的先皇替襄國公和太后留下的保命符──他對自己親生的兒子非常無情，卻顧念青梅竹馬的襄國公和太后，唯恐這個幾乎是陌生人的新皇帝待他們不好。

先皇是對的。這個皇帝的確不是個好東西，完全罔顧親情！現在逼他來著了！要爵位，就得放棄京城兵馬監。

他怎麼可能放棄這個最後的保命符?!

終究還是不了了之，只能怨毒憋屈的吞下這口氣，心痛無比的接受降公為侯的事實。

王熙撫棺沉默良久，這三個公子當中有個是他的兒子。聽到身後的腳步聲，長歎道，「爹……這只是開始。」

襄國侯不語，望著三口棺材，只覺撕心裂肺的痛。忍住暴躁，他冷道，「一朝天子一朝臣。」

王熙回首看他，心領神會的點了點頭。既然皇帝不給他們活路……那麼換個天子也是該然的。

誰讓皇帝準備逼死他們。

晏安九年，朝堂維持到秋天的平靜突然被驚破了。

賢妃猝薨，就死在皇后宮殿的荷塘裡。

太后將皇后禁足，並且帶走了驚嚇過度的小皇子，簡直就是認定皇后即是凶手。

流言滿天飛，而廢后的奏摺，又堆滿了御案。

三郎連著四日「留宮」，回來時非常憔悴，並且胳臂帶傷。

「不要緊的，」看著芷荇含著淚的驚惶，他陰鬱的臉孔柔和下來，「真的不要緊，小傷而已……只是沒想到，太后手下還有批死士……」

連皇帝都不知道的武力？芷荇心更揪緊，「我讓人先準備熱水，你先沐浴過後再……」

三郎卻將她緊緊抱住，「……先不要管那些。先，什麼都不要管。」

「三郎？」

他說不出話來，只能抱緊芷荇，彷彿這樣才能壓住疼痛。「我……很幸運。真的……非常幸運。」

後宮是個極度封閉的小世界，暗衛的勢力難以插入……連宮廷守衛都得遠在諸后妃視線之外守衛門庭，是不可能見到、更不要說接觸任何一個後宮的女人。

皇帝這次大膽的帶著暗衛潛入後宮，其實已經太不合規矩了，若是讓太后抓到小辮子，大概明面上看得到的暗衛都會被拔除，甚至皇帝都會被送大理寺追究。

但政德帝已經什麼都不想管了。

後宮已經完全失控……而失控的主因，到底還是他思慮不周的緣故。或許是他還不夠了解太后，沒想到她會為了母族不顧一切。

皇后如他所願的攔下懿旨，太后沒有直接發作她，卻用了一個陰險詭譎的伎倆，意圖一箭雙鵰。

廢后、挾持皇儲，重掌後宮大權，一切都是那麼名正言順。但引子，卻是最無辜的賢妃。

他見不到皇后，甚至連賢妃的屍體都看不到。更不要提他的兒子，聽說驚嚇得連哭喊都沒有的小皇儲。

被打入冷宮的皇后暫時無恙，但是賢妃再也活不回來了。抱著冰冷的賢妃，皇帝輕撫她蒼白、宛如沉睡的容顏。

明明是非常危險的境地，三郎卻沒有催皇帝。

「……我答應保她平安。我答應……絕不加一指在她身上。我答應她，讓她一生乾淨清白。」他的聲音更輕，「在這該死的錦繡籠子裡，她是我唯一能信任的人。對不住……真的，對不住……」

皇帝哭了。無聲的。眼淚一滴滴的滴在她臉上，後悔與痛苦充滿了他的心胸。

她什麼錯也沒有，安靜沉默的在錦繡繁華的後宮青燈古佛。有時候皇帝被煩得抓狂逃出某個后妃處，跑來這兒敲門，她總是緊皺著眉，非常煩惱的嘆氣。

往往敷衍問候一下，就繼續合掌念經，他習慣往榻上一躺，聽著抑揚頓挫的經文聲，難得的安眠。

明明對小孩子手足無措，硬把兒子塞給她帶；明明知道為難她，但她還是盡力的照顧被慣壞的小皇儲。明明答應過她可以免出宮門，但為了獎賞皇后的識相，她只是嘆氣，還是接受皇帝的請求，每十天帶小皇儲去見皇后。

如果沒有勉強她，或許她就不會死。明明知道誰是真正的凶手，卻沒辦法替她報仇。

就像現在。明明知道太后挖好了陷阱等著，他也不得不跳下去。他的兒子在那裡。

果然，政德帝差點被當刺客殺害了，若不是他們這些潛入的暗衛誓死保護，搶下命來。太后一直沒有露面，但明顯的，數倍於他們的死士準備在太后宮前引發宮變了。

直到子繫喬扮的宮女抱著小皇儲衝入重圍中，以小皇儲的性命相逼，他們才得以全身而退。

後世只知道，賢妃薨於陳皇后之手，帝（政德帝）掩后過並遷怒，血洗宮廷，被害宮人宦官數百，太后斥之，帝罔若無聞，遂傳其暴虐忤逆之名。

但真正的事實總是更令人膽寒、恐怖。

失去耐性的政德帝的確大殺宮人……卻是太后宮內大部分親信的血洗。將皇后從冷宮迎回，欣喜若狂的皇后想擁抱小皇儲，這個一直黏著皇帝的三歲小孩臉色慘白，緊緊抱著皇帝的脖子不放，看都不敢看皇后一眼。

政德帝的心一寸寸的涼了，「……我以為妳是無辜的。」

略微慌亂的皇后很快鎮靜下來，「臣妾什麼也沒做。」

「燁哥兒，你告訴爹。」政德帝深吸一口氣，「到底……」

小皇儲小聲卻飛快的說，「不知道。」

不管怎麼問，小皇儲都沒說。但他不肯跟皇后一起，寧願隨著父皇搬去御書房。

雖然之後幾年惡夢纏身，醒來總是偷偷地哭，但他還是什麼話都沒說。

賢母妃死了。他知道。那個陌生的宮女把賢母妃推進荷塘裡，他看見了，母后也看見了。

但所有人都看著賢母妃掙扎呼救，沒有人動一下。只有他，掙開了母后的懷抱，跑到荷塘用力的伸出手。

賢母妃睜大眼睛，喘著對他微微一笑，反而不再掙扎，沉沒到水裡了。

後來發生的事情，他不太記得了。只記得賢母妃最後溫柔的笑，和母后唇角噙著的，殘酷而慶幸的笑。

皇祖母居高臨下，驕傲的、可怕的笑。

他什麼都不能說。母后……再怎樣的母后，還是他的娘。他不想騙爹，所以只能緘默。但是母妃……賢母妃……總是對他無奈又溫柔微笑的母妃，本來是不會死的。

很混亂，非常混亂。太多不能理解和悲傷的事情。他只知道一件事情，就算滿身是血，就算傷痕累累，爹，父皇，還是怒吼著想把他要回來。

這個顛倒錯亂的世界，總算有個絕對不會變的人。

只有三歲的小皇儲，隨著政德帝搬入御書房，直到十歲必須入主東宮為止。而他的父皇，卻從此再也沒有在後宮過夜，餘生都在御書房度過。

之後，皇后依舊執掌後宮，初一十五，皇帝帶著皇儲去跟太后請安時，也溫情脈脈、禮數周到，像是什麼事情都沒發生過一般。

請過安後，皇帝會讓皇后見一見小皇儲，雖然不是太親熱，也看似和樂融融的皇室一家人。

三郎很不願意提宮內事，但他唯一信任的，只有自己的妻。雖然有些零碎、含糊其詞，即使和慕容皇家有不共戴天之仇，芷荇還是感慨了，憐憫了。

都是些什麼破事啊……明明是天底下最尊貴的皇族，結果還不是跟以前的他們一樣，困在深深的、深深的院子裡，更豪奢但也更蟲盆。唯一自由的時候，只有仰望天空的明月。

那一位……有沒有恨他的髮妻呢？或許有吧，或許。聰明睿智的三郎，都不太明白皇帝為什麼如此袒護皇后……在他看來，「以德報怨，何以報德？」

但她卻能夠明白。

不管做了什麼令人髮指的事情，皇后畢竟是小皇儲的親生母親。廢后很簡單，太后如此推波助瀾……皇帝只要默不作聲就可以了。甚至也能夠讓太后的苦心全部作廢……不立后就好了。反正皇帝已經橫了心，再不肯踏入後宮了。

但廢后之後，小皇儲就不再是名正言順的嫡皇子。窮得只剩下兒子的皇帝，只能把所有怨氣嚥下去，甚至為皇后撐腰，讓她擁有實權，才能成為小皇儲真正的後盾。

太后……真不愧是在後宮打滾幾十年的勝利者。皇后還是嫩了點，才會被這個看似拙劣實則陰險的詭計給坑了。

她……很愛自己的孩子吧？據說哭求過好幾次，想把小皇儲領回來，卻被皇帝嚴厲的拒絕了。賢妃落水時，她才會什麼都不做……

反正不是她下的手，不是她的錯。那個女人……假清高的女人死了就好了。皇帝只能把孩子還給她……因為後宮再也沒有其他適合安全的人選了。

可能、大概吧。只是不知道什麼環節錯了，應該不會被發現的真相，居然被皇帝發現了。

暴怒的皇帝沒對她如何……或許是因為她還會愛自己的孩子，不像太后的心腸已經鍛鍊成鋼。

可能就是因為這種哀傷的悲憫，她才願替與皇帝扯不清的子繫看病。

……她就知道，三郎一定非常輕描淡寫，當時一定凶險萬分。事發到現在已經將近三個月，子繫依舊憔悴得厲害，天生的淡桃暈完全褪去，蒼白消瘦得宛如一抹幽魂。

瀕死重傷、劇毒，傷及根本的內傷。御醫好手段，將他的命保住了，也沒讓他成為廢人……

「再妄動內力，不死都難了。」芷荇嚴厲的告誡他。

原本滿盈厲氣的子繫，溫和了許多，抬起那雙太美麗的鳳眼，笑得很淡，卻非常溫暖。「我已經是小……小公子的貼身暗衛。我對他是有用的，很有用。」

芷荇有種往他腦袋巴下去的衝動。壓低怒氣和聲音，「已經死了一個賢妃了。」

「沒關係。」子繫的臉頰湧起病態的紅暈，「他記住了賢娘娘，將來也會記住我。」

不是三郎架住了，子繫大概要吃一頓胖揍。

芷荇把子繫大罵了一頓，開了藥方和列了一大堆詳細到不能再詳細的禁忌。子繫睜大鳳眼聽她罵，神情卻越來越溫和。既沒有不耐煩，也沒有頂嘴。最後要離開時還說，「謝謝。」

等他走了，怒氣未消的芷荇對三郎抱怨，「那死孩子到底有沒有聽進去啊?!」

「妳又沒有大他很多。」三郎異常冷淡的回。

「……三郎？」

「哼。」他將頭一別。

吃什麼閒醋啊喂？「是你叫我幫他看病的！」芷荇火大了。

「哦？可也不見妳對其他病人這麼關切。」

……男人真是慣不得，太祖奶奶真是太睿智。成親快三年了，將原本淡漠講理的馮知事郎慣得這麼無法無天、無理取鬧。

「因為跟狗皇帝扯不清實在太可憐了，是個人就會有憐憫心啊！明明是個火坑還硬要跳下去找死……看不下去嘛！真是的……對狗皇帝再好再忠誠有什麼用？別人看待他也就是只是個、只是個……」

孌童。

為什麼要把自己陷入這種極度不幸、沒有未來的境地啊?!

三郎研究似的看了她一會兒，只看到她溫潤的臉龐只有滿滿的憤慨，沒有其他。

還好。子繫長得太讓人不放心了……而他年紀一年年增長，難免會有點擔心。

他承認，這樣的想法很幼稚、無理取鬧。可是……就是控制不住。

「……外人看我，也差不多吧。」三郎淡淡的回，「以色事人的佞臣。」

「夠了！」芷荇怒視，「狗皇帝，活該他焦頭爛額！就是想到他把你的名聲糟蹋到這種地步……一個糟蹋不夠還糟蹋第二個！所以我才特別火大啊～」

憐憫別人也是為我，發怒也是為我。

「對不住。」三郎溫順的道歉，將臉埋在芷荇頸窩，攬著她，輕輕的笑。

「啊？」芷荇有些莫名其妙。怎麼了？不是在拌嘴嗎？我說了什麼，三郎突然不彆扭，還乾脆的道歉了？

「我錯了。」三郎笑咪咪的說，「以前我說我窮得只剩下妳……這不對。應該說，有了妳我就富可敵國。」

……為什麼從拌嘴直接跳到這個結論？男人，真難懂啊。

＊　　＊　　＊

皇帝不再入後宮居留，雖然損失了不少親信，太后認為皇帝應該明白事理了。她終究是全天下最尊貴的女人，擁有的實力絕非稚嫩的皇帝所能及。

牛刀小試罷了。皇帝的生殺予奪其實還是牢牢的掌握在她手中。他清理掉的那些所謂「親信」，不過是隨時可拋的棄子。

畢竟是她的兒啊……即使忤逆、不為她所喜。但繼承了她的幾分聰明，知道要避讓出去。

就讓他這麼認為好了。讓他以為，這樣就能保住皇儲，保住自己的性命和江山。太后想通了。根本不用糾結在皇儲是否由她控制……先皇之子的確或死或廢，但先皇的孫子並沒有死絕。

她心愛的四皇子，留下的遺腹子，在襄國公嚴密的保護下，一天天的慢慢長大。孩子，你很聰明。但你終究不是你四皇兄，你不是當皇帝的料。你的皇后，你的皇儲，通通不合格。

大燕需要一個尊貴凜然、知書達禮的皇帝，而不是你這樣市井草莽的潑皮無賴……不把我放在眼裡的逆子。

暫時先這樣好了。國不可一日無主……暫且賞你吧。在我們準備好之前……不要太過分了。

不然皇帝突然「駕崩」，皇儲同時「夭折」，那也實在太可憐了。

所以不要逼我，真的，不要逼我。

雷聲大雨點小，以為會變天的「賢妃猝薨」事件，在朝野莫名其妙的狀態下，就這麼平靜了。

皇帝還是那麼潑皮無賴，好色荒唐。雖名為御書房，事實上除了召見朝臣的主體外，還有不少附殿，面積很是廣大。

明明精明幹練、頗富治國之能。但皇帝諸般說不出口的毛病實在是……不但畜養了大批美貌宮女和清秀宦官，連小皇儲的貼身暗衛都豔驚四座，比馮知事郎和馮長史容顏更盛美……

……皇帝到底想怎樣啊?!

但讓朝臣摸不著頭緒的是，原本磨刀霍霍向外戚的政德帝，卻容忍、放過了襄國公。不但發還公爵，還下旨撫慰一番。

更離奇的是，向來恣意妄為的襄國公居然消停了，變得異常低調。

「哈，你以為那老匹夫會消停喔？」皇帝玩世不恭、習慣性的摸了摸三郎的臉蛋兒，「吏部和兵馬監依舊在他手上，只是換他的爪牙耀武揚威而已。」

三郎漠然的抽出帕子抹了抹臉，「皇上，請謹言慎行。」

「習慣了，改不過來。」皇帝聳了聳肩，「查吧。不管用什麼方法，查出來。每年那麼多的軍餉到底往哪去了？就算是吃空餉數目也大得太離譜了吧？」

他冷冷一笑，有些慵懶，更有點邪惡，「她一定有什麼我們不曉得的倚仗，才這樣有恃無恐……非常隱密的倚仗。我敢說，跟襄國公脫不了關係。這老傢伙口風太緊……可惜對寵愛的人嘴巴又太鬆。三郎你……」皇帝的笑轉殘忍，「有好好派人盯住你哥哥嗎？」

三郎輕笑，非常的美，卻有種毛骨悚然的殘酷。「臣，自除馮家族譜後，並沒有哥哥。」

政德帝和三郎相視一笑，語氣輕佻而興奮，「沒錯，就是這樣。讓他們蹦達吧，歡騰的蹦達吧。給他們高官厚祿，給他們財貨美人……讓他們爬得高高的、高高的。這樣跌下來的時候……才能一次粉身碎骨。」

三郎的笑更深了些，更美也更陰寒。「臣，遵旨。」

晏安十年，表面平靜無波，事實上暗潮洶湧的一年。

也是京城馮家鮮花著錦、烈火烹油，久違繁盛的一年。長房馮述升戶部通政參議郎，從五品。他的父親馮彥，在致仕多年後，重回朝堂，官居從二品政事卿，儕身副相之列。

期盼多年的馮家太太，終於回到從二品誥命夫人的尊榮，馮二奶奶也得了一個五品誥命。

更可喜的是，馮二郎終於喜獲麟兒，長房有嗣了。

馮家族人同被其蔭，仕途得意，甚至馮家二房的小姐入宮為妃，甚受太后喜愛。

美中不足的是，馮三郎進也升官了，正五品翰林院總知事兼欽差御史，其妻許氏同封正五品誥命宜人，還是皇帝親自任命的。

更可恨的是，馮太太想擺一擺二品誥命的威風，芷荇逢帖必推，避而不見。逼得她帶著馮二奶奶降尊紆貴去了留園，芷荇終於見了她們，果然依足國禮屈膝福禮，但感覺卻很糟。

不管她們說什麼，這個破落戶只是淡淡的看著她們，眼中有著強烈的憐憫……像是看死人一樣的憐憫。

反而吃了一肚子難以言說的氣，怒火中燒的走了。

真是的……寶船將傾，還那麼興高采烈。整個京城馮家都上了襄國公和太后的賊船，渾然不知颶風就在前方不遠處。

族裡出妃子又怎麼啦？皇帝又不回後宮了，進去守活寡也值得高興？政事卿又怎麼了？還不是被排除在御書房之外，只能在被架空的朝會上顯擺顯擺罷了。

唯一有實權的就馮二郎吧。認真算起來算是戶部的三把手……低調安分的累積資歷的話，成為戶部尚書似乎指日可待。

但那是不可能的。

大概是抑鬱憤慨太多年吧？現在他可囂張跋扈了……連她這個鮮少涉足官夫人圈子的深閨少婦，都知道他現在吸引住了所有對襄國公府的仇恨，賣官撈錢、欺男霸女、強佔田產……已經接近人神共憤，得了一個「蛇蠍美人」的渾號。

蠢斃了。大半都是為了那個死老頭襄國公幹的，人家吃肉你喝湯。結果仇恨都拉在自己身上……再蠢也沒有了。

雖然三郎也被罵是「冷閻羅赤煉蛇」，好歹也是官員厭惡譏諷，百姓觀感可好得很，喊他「馮青天」的還更多呢。

真沒看過一族人狂奔著去自殺還這麼高興的。明明出了那麼多有功名的讀書人……可見得「會考試」和「腦殘」，未必就涇渭分明，一旦相輔相成起來，禍國殃民兼害人害己，傾覆別人順便傾覆自己，抄家滅族在所必得。

難道他們看不出這是皇帝和三郎挖的大坑嗎？芷荇嘆氣。

智慧有其極限，可惜愚蠢則無。

*　*　*

追查軍餉流向比想像中的困難，初步得到的答案也讓皇帝非常不滿意。

一連串吃空餉賣軍糧的不肖將官只是小蝦米，只是讓皇帝對大燕武將的腐敗和無能再次的失望和無能為力的危機感，卻不是這次追查主要的目的。

讓他深感困惑和不解的是，有很大一部分的軍餉，誰也不敢動，實打實的注入燕雲十六州，尤其是華州，用於建造修繕州內的雁回關，重軍駐守，遙遙拱衛京城。

的確，這是最說得過去的流向。雖然統稱北蠻的北方諸部族因為內鬥頻仍，鮮少大規模的犯邊，但勇悍的北蠻子還是擁有強烈的掠奪性格，只為了誇耀武勇越境幹一票的搶劫騷擾還是有的，預先鞏固邊防，看起來是種未雨綢繆的睿智。燕雲十六州當中最富庶最重要的華州，因此一直很安定。

但太正常，相較於襄國公和太后的個性，就顯得特別不正常。

華州……嗎？華州舊名蘭州，「黃河百害，獨利一套」的河套就在此。威皇帝尚未立國之初，就自請蘭州守，也是以此為基石開始經營的。

但只有慕容皇室直系才知道，會將蘭州改名為華州，並且堅持固守河套，甚至強烈主張「失河套則失天下」的……就是和威皇帝並祀，卻連名字都不曉得的傅氏。

政德帝算得上是傅氏的外門弟子，對她無限憧憬崇拜。在傅氏離宮之後，追悔莫及的威皇帝將她所有殘稿筆記全數收集起來，珍藏在藏書樓。政德帝年幼時偶然翻到蒙塵已久的傅氏遺稿，對那大白話似的筆記風格非常喜歡，在他八歲被趕到南都前，大半的遺稿他都會背了。

他能熬過去，重新振作起來，說不定是因為傅氏活潑練達、跳脫僵化體制、直指內心的潛移默化所致。

「『魔鬼藏在細節裡。』」政德帝喃喃的說，這是傅氏殘稿中的一句。小時候看得糊裡糊塗，現在細品卻覺得睿智非常，「一定有什麼細節，被我們忽略了……」

三郎猛抬頭，「燕雲十六州的上繳稅賦……」他低語了幾句。

原來如此。政德帝露出滿意的笑容。「查。動用所有力量，其他的事情都先放一旁。我要知道所有的一切，連一根草一塊石頭我都要知道。」

晏安十一年春，終於把太后的底牌摸清楚的政德帝和三郎暫時鬆了口氣……然後凝重起來。

滿懷心事的三郎回到家，望著芷荇發呆。真相太駭人，株連太大，他和皇帝商議許久，還討論不出什麼結果。

政德帝這個「昏君」，實在不適合當皇帝。他這個「佞臣」，更不適合混官場。他們都太優柔寡斷，沒辦法像太后那般殺伐決斷。

明明那樣是最快的辦法。

芷荇輕輕嘆口氣，過去揉三郎的肩膀。她知道三郎和皇帝在查什麼……雖然三郎不怎麼提。但隻字片語就夠她明白個大概。

其實狗皇帝怎麼樣她才無所謂呢，慕容皇室滅族是活該、剛好。只是……皇帝愛屋及烏，照顧到她了。和襄國公暗地裡的角力，論理三郎升正四品大學士也是可以的，皇帝卻只讓三郎升了正五品總知事。

因為大燕后妃尊貴卻受諸多限制，能夠召見的誥命，僅限於四品以上。雖然皇帝得意洋洋的要三郎轉告她，叫她感恩讓人很不爽。但不用被太后召進去蹂躪，心不甘情不願還是得說聲謝謝。

「在華州吧？某個貴人。」她才說出口，三郎的肩膀僵硬得跟鐵一樣。

……為什麼苻兒會知道？她知道多少？

「別緊張，放鬆，放鬆……」芷荇撫慰他，「還不是狗……那一位要我幫著收集情報嗎？跟我來往的都是商家夫人嘛，最近認識的秦夫人，他夫君是商隊統領，來往江南與邊關。秦夫人在華州還住了幾年。男人和女人注意到的部分，不太一樣，就這樣而已。」

統領安北軍駐守華州的鎮國將軍莫范，在燕雲十六州是個傳奇性人物。他少年時是正經進士出身，還是太子伴讀（先帝為太子時），先帝登基前，他已經是二榜進士，進了翰林院。

看起來前程遠大，畢竟不學無術的襄國公都得先帝重用，這個允文允武、才華洋溢的兒時玩伴更值得倚重。

本來都是青梅竹馬的玩伴，理應如此才對。

但莫范卻和嶄露頭角的襄國公發生了嚴重衝突，讓人跌掉眼珠子的是，先帝下了一招昏棋，將剛直有才能的莫范踢去燕雲十六州當守將，留下貪婪跋扈的襄國公。

更讓人意外的是，以為會因此一蹶不振的莫范，卻在燕雲十六州站穩了腳跟，累積戰功直到成為鎮國大將軍，鎮守邊疆幾十年，半生都奉獻給大燕了，直到五十幾歲才成親。

像是上天補償他一般，隔年就喜獲麟兒。虎父無犬子，這個今年才十二、三歲的小公子，文武雙全，上馬能殺敵，下馬能治民，在地聲望和人望都很高。

「秦夫人說，太客氣了。將軍夫人對自己的兒子……實在是太客氣也太捨得花錢了。莫小公子長得太好……雖說莫將軍和大人都長得不差，但實在超出檔次太多。」

「……本來，怎麼也疑不到莫將軍身上。」三郎低聲，「他和襄國公一生都是政敵，據說，同為朝臣時還拔劍相向過……先帝曾經要招他回朝，他卻抗旨懇請清君側、遠小人……實在找不到他和襄國公的關係。」

芷荇揉捏著他的肩膀，「所以說，男人和女人看待情報的角度不同。女人嘛，總是比較喜歡誰家如何如何的小道消息。我也是無意間聽說莫小公子長得有些像慕容家的人——慕容家什麼都沒有，就是皮相比人強——我才會去探聽，而且非常好探聽。

你和那一位不知道吧？畢竟這不是什麼重要情報。跟先帝一起長大的，除了襄國公和莫將軍，還有太后……莫家和王家，更是親密的世交。雖然只是流言，但我想有一點點參考價值吧？聽說，太后和莫將軍指腹為婚，兩小無猜的青梅竹馬。但先帝登基後，會封太后為皇后，好像是襄國公推了一把……」

三郎猛然回頭看她。

「將軍夫人是出宮的女官，對吧？的確，和襄國公與王氏族人沒有一點關係……

但和太后有沒有關係呢？這我不知道。我知道的是，將軍夫人似乎很像少女時的太后……女人家就是喜歡這些茶餘飯後的小八卦，見多識廣的商家婦不但不例外，反而更熱衷呢。」

……如果，這些是真的，那真的完全解釋了他和皇帝的疑問──為什麼耿直的莫將軍會鋌而走險。

過分多的武器兵馬和糧草。燕雲十六州只知莫將軍不知有皇帝。

莫將軍想奮起一搏，將帥廢弛的大燕，毫無對抗的能力。

果然是，太后隱蔽而非常強力的倚仗啊。

「不用擔心吧……」芷荇吻了吻三郎眉間的愁紋，「會打過來早打過來了。姑且臆測一下吧，莫將軍無法拒絕太后的請求……但也就是消極的應對。忠君愛國一輩子，連被搶老婆都只能去大漠聽胡笳。晚節不保……凡是有三分羞恥的人都辦不到。他還活著的時候，大概就這樣拖著……比較要擔心的是，他六十幾歲了。更需要煩惱的是，和他年紀差不多的太后，不太能容忍任何違逆。」

摟著芷荇的腰，三郎輕輕嘆了口氣。

結果，還是困頓，深鎖。能夠自由的，只有仰望天空蒼白的月。

「他……還什麼都不知道。」三郎語氣很惆悵，「不知道自己有皇室血緣，不知道有可能被拿來當作一顆……重要的棋子。雖然明白，最好最快的方法是……」

抹殺他。

真的，應該這樣做才對。

但皇帝不願意、不想這麼做。「我才不要跟他們一樣。雙手沾滿至親的血……我是人，不是除了權勢什麼都無所謂的怪物。既然他什麼都不知道，也沒做什麼，憑什麼要我弒親？」

他試圖說服，但他說服不了皇帝，也說服不了自己。

「我一直覺得，陰謀詭譎只是一時的，想謀得長久還是得站穩『理』與『禮』。」芷荇輕笑一聲，一如既往的樂觀。「最少我們掌握到情報的先機。盡人事聽天命……反正華州離京城不算近，一有異動……你和皇帝不方便，權宜之下，我也只好入宮『保護』太后，省得叛賊驚擾了她老人家，你說如何？」

三郎睜大眼睛，噗嗤一聲，「原來寫做『保護』，事實上得念做『挾持』？」

「非也。」芷荇挑了挑眉，「應該念做『抽薪』。」

釜底抽薪。

雖然知道不可能讓芷荇這樣涉險……但三郎的心情的確好多了。

只能說，芷荇或許在許多方面都是個平庸的傅氏嫡傳，但在情蒐和推理上面，卻完全展現了傅氏一脈的敏銳和犀利。

雖是多年前的舊事，但要挖掘還是很容易的。只是比她的推測還驚人一些……太后被先帝封后前不久，已經和莫將軍行聘，為了給太后讓路，太子妃在先帝登基後封為元妃，憤而自盡了。

然而其他細節已經曖昧不明，難以探查了。但與襄國公有絕對的關係，卻是許多老一輩默認的事實。

而將軍夫人，原是個宮女。會成為女官，是武妃——之前的皇貴妃——雲英未嫁時，據說進宮謁見偶遇，一見如故，跟當時還是皇后的太后撒嬌兒提拔的。

想要重獲寵愛的武妃，簡直問什麼答什麼，甚至乾脆的洩了太后的底。那個女官是太后指名升的，只是掛了武妃的名義。據說是因為長得和太后年少時一模一樣，讓沒有女兒的太后很感嘆，愛若親女，未嫁時的武妃若入宮見太后，那個女官幾乎都在太后身旁。

之後先帝將四皇子「賜死」，太后不知道怎麼想的，立刻破例將不到二十的女官放出宮，特別送去華州。只是武妃沒想到會讓莫將軍看上了，娶為正妻。

政德帝通盤知曉後，沉默良久。母后，當真好手段。毀婚奔向最尊貴的位置，甚至先找好「身代」，在需要的時候，緊緊掌握住前未婚夫。

自嘆不如。雖然自負聰明智慧，但要這般玩弄勒索他人情感，明明冷血無情，卻偽裝得那麼真摯，讓人人信以為真……這種心機城府，他的確望塵莫及。

果然，只適合在南都當個無賴紈褲子。

但能怎麼辦呢？他被迫坐在這個位置上，高處不勝寒。他對一切都厭惡而且疲憊透頂，可他終究是，慕容家的皇帝，百姓的天子。

雖然根本不是他要的……只是他沒得選。

「皇上，」趙公公小聲的說，「繫侍衛請您早些安歇。」

政德帝安靜了一會兒，起身推門出去，子繫果然站在外面，髮間沾了不少夜露。

「……你是個白痴啊。」他無奈的開口，「跟我有什麼前程？」

子繫淡淡的笑了，映著皎潔的月，如沉靜的桃花化身。「前程什麼的，本來就跟我沒關係。我只想活得高興……現在我活得很高興，非常高興。」

他有些遲疑，怯怯的拉住皇帝的袖子，覺得心完全的平靜下來。焦躁、恐慌、憤怒等等負面情緒煙消雲散，只有寧靜、喜悅。

很快的放了手，子繫笑得更深些，「您……安心睡吧。我會守著小公子，一定。」

然後轉身，毅然的往小皇儲的寢宮而去。

我知道，我都知道。政德帝默默的想。我知道你會守著，必要的時候把命填上都無所謂。

他拍了拍廊柱，苦笑起來。越來越脫不了身啦，這鬼皇位。他若垮台……多少人得陪葬……都是他那麼在意的人啊！

他的兒子、趙公公、三郎、整個暗衛……還有那個傻傻的孩子。

說什麼也不想看到他們死啊。

仰頭看著飽含著水氣的月，他嘆息，「好想回南都啊……」

在皇帝嘆氣的時候，被惡夢驚醒披衣而起的三郎，也怔怔的仰望著盈淚似的月。時機成熟了。一直死盯著馮二郎的雀兒衛，回傳的報告和證據已經堆積如山。襄國公似乎已經察覺皇帝知道了些什麼，許多書信和指令都改由他最寵愛的馮二郎傳遞。

該動手了。再不動手……太縱容的結果，就是讓民怨轉到皇帝身上。

百姓總是把皇帝想得全知全能，真以為是「天子」。其實才沒那回事。尤其是這個皇帝……不過是個聰明的無賴，卻不是神明。

他會衝動，後宮事處置得不適當，會覺得煩、懶得管，他的心又太軟。而且，他厭惡透頂所謂的「帝王心術」，覺得完全白痴。

那一位……不是什麼天子。他就是個人，缺點多如牛毛的人。但不是這樣人味太濃厚的皇帝，自己也不會這樣竭心盡力，願意為他死而後已吧。

雖然已經再三沙盤推演，應該可以一網打盡……但世事絕對沒有百分之百的勝券。

真希望……天明不要來。

「睡不著?」身後披來一件薄披風,「真是的,雖然入夏了,晚上還是涼的……還在風口發呆。」芷荇輕輕責備著。

三郎欲言又止。罷了。這跟荇兒有什麼關係?馮二郎會在他外室處被逮個正著,那時荇兒應該在她母舅家祝壽……深宅大院內,根本不會有交集。

「只是做了惡夢。」他說。

「惡夢說出來就解了,」芷荇偎著他坐下,笑得很甜,「說說看?」

沉吟了一會兒,三郎輕輕的說,「我夢見妳被馮二郎綁走了,怎麼追都追不到。」

芷荇噗嗤一聲,「那腦殘的軟腳蝦?」她示威似的晃晃白玉蘭似的手,「當心我給他的頭蓋骨五個窟窿,開開竅兒。」

三郎也笑了,「就怕妳開完竅,手指卻拔不出來。」

「……多久前的事了,現在還笑我!」

但是赴曾家壽宴時，芷荇默默的想，三郎該改行去欽天監，專攻算命算了。錢多差輕，還省得被皇帝搓揉折騰兼敗名聲。

隱約一陣喧譁，然後披頭散髮、狼狽不堪的馮二郎，帶著一群凶神惡煞，將劍架在曾家大舅脖子上，闖進了後宅，在眾官家夫人尖叫昏厥中，厲聲指名將芷荇捆起來交給他，不然曾大人性命就不能保證了。

「……你說真的嗎？」芷荇看也不看拿著麻繩接近她的曾家僕和大舅的喝罵，直視著馮二郎。

「馮進那賊子天底下只看重妳這小娼婦。」馮二郎眼中出現瘋狂的精光，「最不濟，老子要死也找妳墊背，臭婊子……」

然後眼一花，那個柔弱閨淑的馮夫人芷荇，如狂風飛柳絮似的「飄」進重圍中，玉掌一抬，架著曾大人的守衛的下巴被推向天，頸骨差點折斷……手骨倒是真的被踹斷了，落下的劍被馮夫人的足尖一點，偏了方向，直直的射入一棵五人合抱粗的大槐樹，直到沒柄。

還險險的射斷了馮二郎幾根頭髮。

一切都發生得太快，等簇擁著馮二郎的凶神惡煞醒神過來，劍已經沒柄於樹，人質已經被馮夫人拎出重圍。幾乎是本能的追殺上去，一起襲向那個貌似嬌弱如柳的少婦……

驚魂甫定的曾家大舅曾大人，攔住了要上去助拳的護院，大喝道，「站住！別添亂了！好好護住夫人們。」整了整衣服，他向滿臉眼淚撲上來的曾大夫人擺擺手，「無事，無事。」

看著踹人踹得非常瀟灑俐落的芷荇，語氣滿滿的懷念，「果然是母親的嫡長外孫女……這身手跟她外婆真是一般無二。」

雖然小時候常常被滿院子這麼踹，都快踹出心靈傷痕了。

這群凶神惡煞般的侍衛，心靈傷痕有沒有還未可知，身體的傷痕倒是挺可觀的。

等最後一個侍衛倒下，也不過幾個呼吸間的事。反應不及的馮二郎目瞪口呆，瞪著芷荇。

她攏了攏有些鬆散的髮髻，柔和溫聲，「馮大人，您手下個個跟豆腐一樣……來個能打的如何？」

馮二郎轉身就逃，原本她想踹過去……又覺得接觸到這種人恐怕被染上無藥可救的「愚蠢」，再說，她很愛潔的。

而且，三郎應該想要活口吧？

所以她踢了顆雨花石，精準的命中頸後的穴道，讓馮二郎昏厥過去……運氣不知道算好還是不好，倒在一片柔厚的月季叢。摔在庭園石板可能會摔出腦漿，月季叢還是好一點兒……

只是月季的刺可不少。拔起來費工夫，又都刺在臉孔上，不知道會不會毀容。

臉色鐵青，煞氣沖天的三郎衝進來時，剛好就看到這令人驚駭又哭笑不得的「一幕」。

早該知道，他看似柔弱無助的小妻子，御林軍三百圍捕都可能連根頭髮也摸不到，讓她從容離去。馮二郎脫逃時所攔不過十數個亡命之徒，不可能傷到她一絲半點。

但知道是一回事，心臟緊縮、饑渴般的焦慮，那又是另一回事。

實在是計畫趕不上變化，他又把馮二郎看得輕了。需要多頭並進，所以他去了襄國公府親自壓陣，讓暗衛頭子穆大人去捉拿馮二郎。

結果他抓到了王熙，未曾出府的襄國公卻失蹤了。更不好的是，穆大人遣人急傳，雖然所有文件書信都扣到了，但雀兒衛出了內鬼，被重金收買，放走了馮二郎。

穆大人算是應變得快了，緊追在後，但理應逃不了好遠的馮二郎卻往曾御史府而去，挾持了正在門口迎賓的曾大人。

三郎只覺五雷轟頂，昨晚的惡夢，居然追到現實來了。

襄國公府和曾御史府相離步行可達，三郎卻等不及了，匆匆交代繼續暗衛大搜襄國公府，搶了匹馬一路疾馳，聽曾家門房說曾大人被挾持進後宅再沒消息，他驅馬直奔入曾家內院。

結果看到卻是馮二郎帶的虎狼之衛躺了一地，馮二郎被雨花石擊中昏穴，面朝下的倒在月季叢的瞬間。

他的苻兒，嫻靜的站著，除了雲鬢微鬆，裙襬沾了些泥外，還是一派貞靜淑女貌。都讓他懷疑自己的眼力了——那顆雨花石不太可能是這個如閒花照水的溫美少婦踢的。

雖然事後很麻煩：曾家舅舅們倒還泰然，對他的道歉表示毫不介意，只關心芷荇有沒有傷了筋。曾家舅娘為首的親朋等夫人，態度從驚嚇恐懼到輕視厭惡不一而足，除了大舅娘以外，別的舅娘都當芷荇是大麻風，離了個八百里遠，齊齊瞪著粗魯的芷荇、莽撞縱馬的三郎，輕蔑之意溢於形色，巴不得否認跟他們有親戚關係。

這門好不容易搭回來的母家，恐怕又疏遠不少了。

芷荇很重視母家，尤其是她幾個舅舅。直到皇權漸漸穩固，皇帝和士大夫不再互為仇寇，他們方小心翼翼的試圖修復關係，才有這次壽宴的帖子。

但毀壞起來，卻意外的快。

再三致歉，押解了二郎為首的一干人犯離了曾家，芷荇反過頭來安慰悶悶不樂的三郎，「沒事兒，舅舅他們是知情的……而我不在意舅娘們怎麼想。深閨婦人割破手指就像塌了天，幾時見過這樣的血光……哪裡有辦法一個個安慰她們脆弱幼小的心靈。我在意的只有舅舅們……和你。」

此時他們同乘馬車，芷荇將臉偎在三郎肩上，「知道我會有危險，你就來了，對我來說，已經太多。」

還有什麼比這種心意更珍貴的嗎？她想，大概沒有。

三郎沉默的環抱著她，抱得很緊。

溫柔的沉默了一會兒，芷荇不太放心的問，「差事……還順利嗎？你就這樣跑來……」

「不順利。也準會挨那一位的罵，只是顧不了那麼多了。反正，幫著辦差的人多了，固然負擔減輕不少，也原該是這樣……只是所謂的『祕密行事』，就不那麼祕密，再怎麼小心篩選，開始就算是好的，漸漸的也會變得良莠不齊……」

即使順利將馮二郎押入御牢——擺在外面太不安全——三郎還是挨了皇帝的罵。為了老婆居然把擔子一扔，跑去救那個英明神武的馮夫人，根本多此一舉。但皇帝嘀嘀咕咕的嫉妒比較多，怠忽職守的部分根本一筆帶過。

「咱怎沒這種能把人打貼山壁當壁虎，又貼心貼肺的老婆呢？」皇帝嘆氣，「給我看一眼會死嗎？死都不答應……」

「皇上，恕臣告老乞骸骨。」三郎連眼皮都不抬，異常冷淡的說。

「靠！又來！每次想瞧瞧你老婆，就來這招撂挑子不幹！我誰你知道嗎？皇帝欸！我皇帝欸！給我一點起碼的尊重好嗎？……」

「皇上，您離題很遠了。」

皇帝啞然片刻，輕咳一聲，「怎麼就跑了襄國公那老匹夫？」

三郎搖頭，「臣猜有什麼地道之類的……連王熙都不知道。不過他倒狠得下心，處置明快。他若是跟王熙一起被捕，襄國公府立時傾倒。拋棄兒孫出逃在外還能拖時間想辦法……」

「他還能有什麼辦法可想？太后娘娘？」皇帝搔首，「這次咱們幹得絕了，太后娘娘也沒辦法，她想插手……恐怕連自己都得搭進去。這可是『謀逆大罪』。私屯軍武，只是當中一條而已。咱們大燕朝的歷代太后，當中有人只是求了聲情，就被迫出家了。這可是有前例可循的。」

他的神情又更淡了一點，「而且就她的個性，專愛以己度人。她恐怕我查到莫小公子的來龍去脈，巴不得撇得更清一點……我敢說她會佯怒，然後做出一副被矇在鼓裡的樣子，震怒的要我詳查，毋枉毋縱……必要的時候，大義滅親掉襄國公都可以。

反正她也知道我的手段，往往只追查首惡，對其他人會輕輕放過。運氣好，我不會動王熙。萬一我把王熙宰了……襄國公又不是只有王熙這個兒子。她都肯大義滅親了，我還不讓老匹夫的兒子襲爵……太不識抬舉了。先皇遺命再三囑咐襄國公世代罔替，早有丹書鐵券。襄國公涉及謀逆沒辦法免死，但他兒子只要沒有直接證據，爵位還是鐵鐵的。」

冷笑一聲，卻有點淒涼。皇帝漠然，「她真是能算，太會算了。」

只能說，皇帝相當程度的了解太后，但還不夠。

的確，太后的反應完全如他所預料。但他只是個聰明的無賴，並不是神。

所以他沒料到，在周密的保護下，馮二郎居然在御牢裡中毒身亡，死相淒慘。

飲食、守衛，完全沒有問題。唯一讓他接觸的外人，是幫他治療一身月季刺的錢太醫。所使用外敷內服的藥，也沒有任何毒藥的成分。

錢太醫在馮二郎毒發後，自縊在太醫院的丹房。上下亂成一團的太醫院努力追查，才發現錢太醫的藥方理論上應該無毒，但是搭上月季刺的藥性，不啻鶴頂紅這種劇毒。

政德帝面無表情的看著太醫院首滿頭大汗的回稟，一言不發，卻握碎了手裡的筆，污了批到一半的奏摺。

太后娘娘，妳太能了。我小看了妳的殺伐決斷，即使是一個不怎麼重要的小卒子，就算有丁點危險妳都要掐滅任何苗頭。

順便潑我髒水……人，死在皇帝派人看護的御牢裡。未審即誅……這些年我努力維持的法治制度，將不被士大夫所信任了。我對馮家的不喜、王家的敵意……也會引起世家強烈的反彈和敵意。

好棋，真是一眼定生死的好棋。我失去一個重要的證人，損失了多年苦心經營的法治上的信賴，被世家所敵視。而妳，絕對好像什麼都沒幹，袖手看我焦頭爛額。

太后娘娘，您真行啊。

「查。」他轉頭跟三郎說，「不要掩著蓋著，給朕發到大理寺，詳細的查！朕有罪就自請砍頭，無罪就換人砍頭了！三郎，你給朕仔細盯大理寺，別的事情先擱一擱……重要的先交代給下面的去做，小穆聽你差遣。總之給朕查，查到底！誰想知道就給誰知道，整個案情完全透明化，聽到了嗎？」

三郎肅顏道，「微臣，謹遵聖命。」

但能讓人捉到尾巴，那就不會是太后的手段了。

最後只抓到一票死人……挾持錢太醫一家大小的歹徒，在滅了錢家滿門後，全數自刎了。

沒有任何能夠辨識的表記或特徵，武器只是民間常用的朴刀，一點點特殊都沒有。

在三郎有意的操控下，這種曖昧不明的案尾，當然更攪混了輿論。非常有效的分散了皇帝的嫌疑，更把風向往太后吹去，乾脆把襄國公謀逆案半公開的搭上去。

最後大理寺以馮逑民怨太深，導致這一連串的血案作終。

但三郎和皇帝都明白，這只是個開始，絕對不是結束。可這個「開始」，不但大出他們意料之外，甚至連算無遺策的太后都失手錯算了。

原本世間就沒有樣樣都能算明白的人事物，總有這樣那樣的變因，絕非能夠徹底控制的。

得知二郎慘死，原本還潛藏在京城的襄國公，頭也不回的往華州疾去。

先帝臨終前將兵符祕密交給太后，而他的姊姊王太后，是個小心謹慎的人。發現跟陌生人無異的新皇帝如脫韁野馬般無法控制，深思熟慮後，不想「懷璧其罪」，就把兵符交給她的弟弟襄國公代為保管。

保管，卻嚴厲的禁止他使用。她很明白自己的弟弟是個什麼樣的人，或許好逸樂嗜權貪財。但也就這樣，他只喜歡高高在上的感覺，被眾人追捧，一呼百諾，嚐遍珍饈佳醴，醉臥美人膝。可他只想享受，卻厭惡任何責任的束縛。

所以她才放心的把兵符交給襄國公保管。調兵遣將，太麻煩了。他只要討好太后姊姊，就有一生享不盡的榮華富貴，傻子才會去想東想西，給自己上枷添勞苦。

原本，襄國公王遨也這麼以為。以為自己恣意妄為，快活了一輩子，夠本了。以為他絕對不會違逆姊姊——連姊姊要他幫忙安排和當時還是太子的先帝獨處，他都照辦了。

就算姊姊叫他去死，只要能保全子孫，那也沒問題……他會單身逃出來，就只是想跟姊姊討價還價一番而已。

他真的這麼以為。

直到確定二郎死了，非常淒慘痛苦的死了。剎那間，他感到非常陌生的痛楚，萬箭穿心也不過如此。

不敢相信，他完全不敢相信，自己居然會痛得彎下腰，不斷落下縱橫的淚。他一生經歷的美人成千上百，更年幼更美貌的也不是沒有。但再美再媚，也不過就是玩物罷了，玩殘弄死了，再換一個就是了，天下的美人何其之多。

但二郎……他沒辦法呼吸。驚慌失措又痛苦萬分的，他發現自己呼吸不到空氣。

他明白，什麼都明白。二郎自願投到他門下，貪的不過是青雲路、榮華富貴、權位財勢，對他只是勉強屈從，再怎麼阿諛奉承，還是掩不住這個稚嫩探花郎盡力掩飾的厭煩。

本來只是一個美人而已，本來。

可在二郎身上，王邀看到了年輕時的自己。貪圖富貴，不計一切代價，對當「好人」這件事，嗤之以鼻。衝動而狂躁的，想證明自己。

他們相同的都有個無法超越的手足，但他放棄了，屈服給姊姊，言聽計從。二郎卻還在掙扎，連自己都賠下去的賭那口氣，相信自己一定會贏。

是那個時候起嗎？大概是吧，可能是吧。連他自己都沒有發覺的，寵他，遠遠超過對任何一個人。

但他死了。淒慘又淒涼的死在御牢，高高的宮牆之內。連他最後一句話都沒有得到，再也看不到他那張美麗又充滿野心和貪婪的面孔。

我要他們付出代價，是的，我要。讓狂怒填滿心胸的王遨奔往華州，兵符貼著心掛著。

誰動手的都無所謂。姊姊也好，皇帝也好，反正一定是當中的某一個，或者是聯手。總之，我要你們付出所有的所有，直到你們一無所有。

莫將軍知道襄國公親自來了，緊皺眉頭。既意外又不意外，非常不想見，但也不得不見。

雖然消息傳遞得不算快，莫將軍還是知道風雲變色，皇帝發難了。在他看來，皇帝能隱忍這麼多年，已經是奇蹟了。

她……到底是怎麼想的？打算怎麼做？

說來好笑，已經是花甲之年，也已經有了年少、酷似「她」的妻。明明知道，再怎麼樣的花容月貌，也經不起歲月的風刀霜劍嚴相逼。也如自己一樣，雞皮鶴髮了。

但就是忘不了她。不知道怎樣才能忘記，自出生就相識，一生最美好的年華都有她的身影。原本他們應該結髮為夫妻，白首不相離。

只恨王遨為了榮華富貴設計了她和還是太子的先皇。叫他怎麼能忘記，她別離時走珠似的斷腸淚？

這半生的恨與無奈，怎麼忘記，如何忘記？

所以他根本沒辦法拒絕她的任何要求。她的心裡一直有他，是的。她最無助的時候，這樣剛強的女人，低下頭來求他了，也只肯求他。

不想娶親的莫將軍，這才娶了她安排的新婦。因為再過七個月，四王側妃（四皇子側妃）就要生了。四皇子已經喪命，家眷被圈禁王府裡一生。

這個遺腹子若生下來，也只能在王府裡渾渾噩噩的度過一輩子，那實在太可憐了。

他擔起了皇孫的教養和未來。一開始，她的要求合情合理，只要求莫范好生教導他，讓那可憐的孩子如莫范般文武雙全。

對莫范來說，這很容易。

但漸漸的，她的要求一點點的加重、加深、加廣。已經到了昭然若揭的地步了。

他不知道如何是好，只好裝作不知道她的打算。

因為太不可能、名不正言不順了。皇帝是先帝召回親封的，並且已經有了皇儲。再說，已經沒有什麼皇孫了，只有他的老來子莫望。盡心盡力教導疼愛他十幾年，已經完完全全是他的孩子。

之前沒有說破，他可以裝聾作啞。雖然這兩年，太后暗示他好幾次，讓他攜莫望入京，他也想辦法婉轉的找這樣那樣的理由拖延了。

親自派襄國公來……難道她下了不該有的決心？

躊躇復踟躕，莫將軍還是見了襄國公。果然，這個只會吃喝玩樂的紈褲子，臨老還是只會這些旁門左道……說不定她就是被這誤國誤民的奸臣給蠱惑了。

襄國公來宣太后口諭：迎回皇孫，定北軍憑兵符交予襄國公。

莫范冷笑兩聲，接過夫人親遞的茶，慢騰騰的喝了兩口，「將在外，君命有所不受。更何況，一來，她不是『君』，二來，定北軍不是玩意兒，給你這比閹宦還無能的東西？簡直是笑話。」

向來暴躁的襄國公反而顯得很冷靜，微微一笑，「你以為，皇帝會饒過你？這麼多年來……」

莫范立刻把話接過去，「這麼多年來，所有的軍餉軍費，全填在關防，莫某沒動到一分一毫。」沒想到，對這個「故人」的厭惡，足以讓他頭痛胸悶，「送客……」

但他才說完這兩個字，已經吐血倒地。

襄國公冷冷的看著吐血痙攣並且蜷縮成一團的莫將軍，「你還活著，是因為她需要你活著。而你會死，是因為我不想看到你了。」

將軍夫人呆若木雞，「……國公大人，您說那只是迷藥。」

襄國公輕蔑的看她一眼，「蠢女人。妳親手殺了自己丈夫，還是去死一死吧。這樣我還可以幫妳圓個謊，說是皇帝賜死了你們夫妻倆……還是妳希望我跟莫望吐實？」

這一日，傳出了鎮國大將軍和夫人被皇帝賜死的噩耗。同一天，莫小公子莫望，因為「哀痛過度」，被襄國公「保護」起來了。

消息雖然用最快的速度傳回京城，但實在遙遠，遙遠到鞭長莫及。

太后和襄國公，暗中經營已經十幾年，不知道安插了多少人進來，所以才會有愚忠的將軍夫人，和順利的控制住將軍府。

但讓襄國公煩躁的是，即使兵符在手，安北軍還是四分五裂，真正聽命的只有一小部分，他們親手扶持安插的人，敷衍推搪的多，如將軍夫人那般忠心耿耿的少。

畢竟時日太久了，天高都會皇帝遠，何況是太后和襄國公。而且所有事件都透著重重疑雲——襄國公府疑似「謀反」被抄家，世子兼首輔王熙下獄，追緝襄國公的海捕文書已發的消息，傳到華州了。

在這種時刻，即使他的兵符是真的，也不得不為自己考慮一二。這不是被捲入謀反嫌疑，而是根本就是提著腦袋必死無疑。

再說，皇帝會命被追緝的襄國公來賜死將軍與夫人嗎？任何一個腦筋沒斷乾淨的人都不會相信的。

這些叛徒亂黨的按兵不動，拒不聽令，卻不是襄國公最煩躁的部分。真正煩躁的，還是逼他不得不將之關起來的莫小公子莫望。

明明告訴了他一切，整個燕雲只知莫將軍，皇帝只是個遙遠的虛無影子。只要莫望承認自己事實上是慕容望，是皇孫，擁有人望和軍隊的慕容望就能挺直腰桿，咬死了「皇帝無道殘殺養父母」的「事實」，就能名正言順的殺回京城，登上那個無人可及的皇位。

甚至襄國公連罪詔和所有的一切都替他預備好，他只要聽話的舉起劍就行了。如果這孩子狠不下心，他都可以領軍代為血洗宮廷，替他掃除所有束縛和障礙。

但這個笨蛋小鬼只是瞪著他，恨恨的瞪著他，拔劍差點傷了他。幸好將軍府都是太后與襄國公的人，幸好他只是個十二、三歲的少年。武藝再好，也架不住人多勢眾的大人。

他的時間不夠了。襄國公越來越焦慮。一切都不對了……完全跟他的打算不一樣。那個無賴下流的皇帝一定派人往這兒來了，距離雖然遠，他手上還有一些兵力……但也只是拖延，難看的臨死掙扎。

這絕對不是他要的。

事已至此，他早就不在乎自己的命了。但他絕對要看姊姊和那個畜生皇帝死在他前頭，舉國沸騰崩潰，一無所有的絕望著死。

將他們扒皮抽筋，細細凌遲，痛苦哀號到最後一刻。

這才能夠消他錐心刺骨的痛與恨。

原本暴躁的他更為狂躁，最後他祭出殺手鐧：用莫小公子的性命，威脅安北軍聽令。對於出聲反對他的，血腥鎮壓。

這樣昏亂殘暴兼威脅的手段，的確迫使一部分的安北軍低首聽令，但卻讓安北軍的分裂更崩壞，有些不願從賊又不忍目睹莫小公子被害的將領，索性帶著親信家眷逃回都城面聖，導致許多營或部群龍無首，日益紛亂。

襄國公暴跳如雷，事事不順心完全磨光了他原本不多的耐性，越發殘忍的稍怒即殺。直到莫望終於屈服，他胸口的惡氣才略略鬆動了些。

「我想明白了。」這個相貌俊逸得不似世間人，事實上長得最像威皇帝的莫望靜靜的說，「或許你說得是對的。從小我就覺得有點兒不對勁……娘對我總是有點害怕……不，應該說，敬畏到有點可憐兮兮的討好。你……大概真的是我舅爺，太后是我祖母。」

襄國公和緩下來，面目慈祥而憐憫，「就是這樣，殿下。臣實在不忍心看您被蒙蔽下去了。」

他輕聲細語，「但是養恩大於天，嗯？有些事情您還不知道……表面上，是皇上賜死了將軍和夫人。事實上……卻是太后的懿旨。莫將軍於國不可或缺……但皇上和太后，只因為他功高震主，就下這種毒手。臣知情後就因反對被誣陷，這才竊了兵符前來試圖阻止……可恨還是遲了一步。殿下，您能忍嗎？養育您十幾年的父母被殺——即使不是生身父母——您，能忍嗎？」

莫望翦翦秋瞳盈滿了晶瑩的淚，緩緩走向襄國公，拉住他的袖子，輕聲道，「舅爺，我不能忍。」

大喜過望的襄國公在寒光一閃時才反射性的舉臂一擋。這一擋救了他的老命，卻讓他的右手搖搖欲墜，只剩一些筋和皮黏著才沒掉下來。

襄國公大怒兼恐懼，莫望帶著寒冷的憤怒，齊聲喊了，「來人！」，整個莫府大廳沸騰了。

「拿下他！」襄國公大喝，強忍住斷臂的劇痛，額頭湧出黃豆大的冷汗，血流不止。

在護院奴僕的騷動中，莫小公子鳳目圓睜，「問問你們自己，你們是否莫家人？不是的，立刻給我滾出去！別污了鎮國大將軍府邸！污了我爹莫大人一輩子的清名！」

有幾個護院立刻到莫小公子身邊，成犄角之勢，將莫望保護起來。

或許，在繁華京都內，兩百多年的風流富貴洗刷了血性，但在邊關燕雲依舊保留了大燕初始的重義尚氣——華州可是大燕威皇帝的起源。此地依舊保留著拜「燕子觀音」的習俗，迥異於外地慈眉善目的觀音菩薩，燕子觀音總是鐵甲執戈像，誕辰七月十一日更是舉州若狂隨燕子觀音像巡城，香火繚繞宛如平地祥雲。

據說觀音見戰亂過烈，已然十室九空，毅然化身鐵甲執戈女，下凡平亂。落足點就在華州，棄清靜逍遙，雙手染血、義憤填膺的輔威皇帝安定天下。

在險峻的邊關，潛移默化的薰陶，重義尚氣幾乎寫進燕雲十六州的軍民骨子裡，華州猶為鄭重。

即使是太后或襄國公派來的人，日日夜夜跟隨著莫將軍，信仰著燕子觀音，幾乎是越早派來的，越像是華州人。

於是，莫家或自認是莫家人的奴僕護院和襄國公太后那派的人對立，一觸即發。靠一口惡氣撐住的襄國公，顫顫的舉起僅剩的左手，亮出兵符，「見兵符如見國君！你們還不跪下……」

在密密麻麻混亂的人群中，莫望投出一把劍，差點把襄國公的左手臂戳了個對穿，兵符因此掉了下來。

他無視任何人的往前疾走，在終於支持不住倒地的襄國公面前，撿起兵符……然後摔在地上，玉製的兵符因此砸個粉碎。

「不過是個死物。」莫望冷漠的望向襄國公，「如你一般，即將腐朽的死物！」

讓莫望很遺憾的是，他終究沒能親自殺掉襄國公。混戰中，襄國公讓效忠太后一脈的軍隊破府救走了。

他沒再看最初保護他的那幾個護院一眼——這幾天已經談得夠多了，也發生太多事了。父母猝逝，家破人亡。

根本不在乎，那幾個人是皇帝派來保護他還是來監視他的，他不在乎。

或許吧。他們也許說的是真的。或許吧。

那，又怎麼樣？

他可是，鎮國大將軍的公子，莫范莫將軍唯一的孩子。父親教他忠義氣節，教他怎樣才稱大丈夫。

他可不是那些只會吃喝玩樂的貴家公子哥兒，十二歲未滿就上過戰場殺過人……誰讓那些蠻子敢犯邊，屠戮我大燕百姓為樂。

我早就決定了。莫望想。我要跟爹一樣，鎮守在蒼涼又遼闊的邊關一輩子，直到馬革裹屍，以天地葬為止。

早就決定好了。

「跟我來！」他還未脫少年清稚的聲音嘹亮，「隨我追捕亂臣賊子！」

兵符，絕對不是一塊冷冰冰的死物。他想。爹還活著的時候，莫范將軍就是兵符。現在，安北軍四分五裂、帝令未至之前……

我，就是兵符。

但莫望沒有追捕到襄國公，倒是在很短的時間內將大部分的安北軍收攏起來。

只是，誰也沒想到，襄國公會瘋狂如斯。大概是，很久以前就佈置下來的伏筆吧……和北蠻諸部中最強盛的一部鞑齊爾結盟，原意應該是必要的時候用「外患」轉移朝廷的注意力。先皇不知道多少次中了這一招，老讓襄國公逃去了嫌疑和彈劾——拖著拖著，該抹去的證人和證據都處理好了，或者先皇也忙忘了。

可這一次，襄國公玩真的了。

帶著效忠襄國公與太后的軍隊，騙進了燕回關，裡應外合的和鞑齊爾部屠盡全關兵將，大開國門。

原本內鬥不止的北蠻暫且休兵，趁著畏之如虎的莫魔頭猝逝的大好機會，奔向富庶的大燕……

剛接到聖旨的莫望，同時也接到這個絕望透頂的消息。

皇帝安排他入京覲見，同時任命他為南都郡王，慎重其事的。

「那個……」他沒有回頭，問著一直偽裝成護院，保護在他身邊的暗衛，「我叔叔……十叔叔，是個怎樣的人啊？」

暗衛們你看看我我看看你，發現這個問題很難回答。最後只好把馮總知事推出來擋，「屬下不敢議論皇事。但曾聞馮總知事言道，皇上是天底下最不適合卻也最適合那個位置的。」

莫望仔細想了想，含笑點頭，「這樣啊，真是太好了。就是說嘛，也該是這樣。」

不然他早就在毫不知情的情況下，死了一百遍了——這些暗衛可是很厲害的。

「你們……回去吧。這裡很危險……要打仗了。跟我十叔叔說……謝謝。」

謝謝他早已知道卻只是派人監護，卻沒有殺他、傷害他父母，更沒有告訴他多餘的事。

謝謝他……打算讓我幸福到最後。就算現在這情形……還把我封去繁華安全的封地，沒有把我當成一個必須抹殺的危險人物。

十叔叔，謝謝。

只是，很遺憾。岌岌可危的華州，我，就是兵符。

我可是，鎮國大將軍莫范的兒子啊！唯一的公子！

他毅然決然的往外走，再也不看任何人一眼。沒辦法，燕雲只知莫將軍，他現在是，就是，莫小將軍。

暗衛們沉默的站了一會兒，追了上去。

「我不跟你們走。」莫望飛身上馬，十二、三歲的小公子，正在長個子，顯得格外纖瘦。

「我們，」一個暗衛開口，「跟您走。我們也是大燕的鐵血男兒。」

「一定會被皇上罵。」

「廢話！不過也就嘀咕兩句扣扣薪餉罷了。」

「讓他罵吧，頂多挨幾下軍棍。」

暗衛談笑著，也上了馬，隨侍莫望奔向生死未卜的戰場。

莫望沒有說話，只是眼眶漸漸的蓄了淚，又強忍著讓風乾了。

大丈夫只能流血，不能流淚。

就跟他爹一樣。

＊　＊　＊

當莫望的死訊傳來時，華州已然失守。

畢竟華州和京城的距離還是挺遠的，八百里加急也需要七天的時程。北蠻諸部暫時在華州劫掠逗留，倒不是懼怕安北軍——莫小將軍陣亡時，原本就不太統整的安北軍徹底的群龍無首，陷入紛亂中了。

北蠻諸部是猶豫和不敢相信。強盛富庶的大燕，總是讓他們吃盡苦頭的精銳安北軍，居然被他們胡亂湊起來的幾個部族擊潰了。他們有點拿不準這是莫魔頭猝逝的關係，還是大燕誘敵深入的詭計。

他們在觀望，但時間不會太久，大燕已經面臨了一個嚴酷到極點的興衰存亡之際。畢竟，失掉一條右臂又失血過度的襄國公硬撐住最後一口氣，不斷催促勸誘著。

但讓皇帝大怒的擊碎御案的，卻不是華州失守，而是莫小將軍領軍力抗，奮戰到幾乎流乾最後一滴血，卻陷入敵陣力竭落馬，恐被踏成肉泥，連屍體都找不到。

「朕派你們去幹什麼的?!」皇帝對著失去了半條手臂，搖搖欲墜，卻比軍驛傳報還早回來的暗衛大吼，「朕要你們好好看著他！為什麼看到連屍體都沒有了？你們是怎麼辦事的?!其他人呢？」

他只是個十二、三歲的孩子……一個孩子！安北軍死光了嗎？沒個大人帶頭？為什麼是他在最前面拿命去拚？

暗衛單膝跪下，咬破舌尖好讓自己清醒點，千萬不能昏過去。「回稟皇上，保衛莫小公子十五名，十二名戰亡，兩名重傷。屬下是唯一還能上得馬的。」

他用力甩甩頭，好讓自己神智清明些，「皇上，吾等是皇家暗衛，也是大燕血性男兒。莫小公子……更是。皇上，北蠻荼毒我邊關軍民，安北軍諸將……沒有足以統御全軍者。皇上派去接小公子的御林軍……也已折損大半，活著的尚在奮戰……請皇上……」

終究他的傷太重，又一路換馬不換人的狂馳。這個暗衛晃了兩晃，終究還是暈死了過去。

讓人把他帶去太醫院後，皇帝開始翻桌，甚至翻了一個重得要死的銅鼎，把眼睛看得到的所有東西破壞殆盡。

「皇上！」一直默不作聲的三郎厲聲。

皇帝心情極度惡劣的嗆回去，「我現在不是皇上！」發狂的繼續破壞御書房。

……是啊。你現在不是皇上。你只是個……悲痛狂怒的叔父。別人可能不懂吧？大概不會明白。

但我明白。像我們這種太窮的人……就會明白。

當莫望做出抉擇的消息傳來，已派出御林軍去救人的皇帝先是錯愕，然後狂喜。

「看吧！我眼光多好！我就知道他會是個好孩子，什麼抹殺他的……亂講！南都吧，就南都。那兒真的好，真的超棒的！他一定會非常喜歡那邊……他爹是齊王，不得不降等……郡王，就南都郡王吧！有我罩他，南都的父老一定會對他很好很好……」

然後就催他快把聖旨擬好，馬上用印，快馬加鞭的追上御林軍。

皇帝是多麼期待，期待見到莫小公子。那段時間，他們獨處解決那些隱密的麻煩時，皇帝總是嘮嘮叨叨、嘀嘀咕咕的不停的提莫小公子。甚至連莫小公子若不肯姓慕容的問題都想過了，還拉著三郎想著怎麼鑽漏洞封莫小公子當異姓王，要怎麼對付太后等等……

我們太窮，真的太窮。任何一個不帶惡意、甚至善良的陌生血親對我們來說，都是等身黃金還貴重的存在。

何況是這樣的好孩子。他不得不承認，皇帝偶爾眼光也是不錯的。

但就是因為太好……所以再也不會見到他，不能把皇帝心目中最好的南都封給他了。

所以他沉默，從滿目狼藉中找出沒被潑污的白紙，和只磕了一小角堪用的硯台與半截墨，仔細的洗乾淨沾了墨跡和塵土的狼毫筆，將剩下木片的半張殘案放在盤起的腿上，坐在一旁，靜靜的等皇帝發洩完他所有的悲痛失望和忿恨。

在宛如廢墟的御書房，終於砸光一切的皇帝，疲倦的盤膝坐在三郎面前，發著呆，久久沒有開口。

「……只能御駕親征了。」皇帝的聲音冷漠而疲憊，「咱們大燕的將門爛到什麼程度，三郎，你我最清楚。燕雲的還行，但誰也不服誰。莫將軍還在的時候倒還壓得住……」他心一痛，這個爛攤子，腐敗到腐爛的爛攤子！先皇跟自己兒子內鬥的時候，最先被牽連屠戮的就是能打的將帥……不管是有罪還是無辜。

只有邊關燕雲將帥的影響最小，但天高皇帝遠，誰也不服誰。先皇的運氣實在太好，還有個忠心為國的莫將軍為他轄治這些桀驁不馴的軍頭們。

但人治真是爛透了，爛到爆炸。爛到……沒了「莫將軍」，就只有「莫小將軍」能使得動這些軍頭大爺……

導致那孩子慘死在戰場上！

「反正，他們不服誰都無所謂……總不能不服皇帝吧？」政德帝冷冷的笑了兩聲。

三郎嘆了口氣，「皇上，將來史官會很忙。微臣會成了慫恿皇上涉險的奸臣，您就成了好大喜功、妄動刀兵的昏君。」

「幾行字而已，累不死他們。」皇帝冷漠的回答，「三郎，華州離京城不夠遠。雁回關破了，其實大燕就沒了一半，你懂的吧？」

三郎抬起美麗的眼睛，凝視著難得嚴肅的皇帝。

是，他知道。他和皇帝一直在搶時間，在被看穿只是個紙糊架子之前，擺平先皇留下的爛攤子。但他們的時間卻被人為的縮短了。

現在的大燕，根本動不起刀兵。

「微臣，請皇上恩准，容微臣拙荊隨軍。」他平靜的請求。他答應過芷荇，死也要帶著她一起去死。

以為要費番脣舌，結果皇帝異常爽快，「准。反正我也要把兒子帶著去……多個能把人打貼成壁虎的命婦照顧，子繫會鬆快多了。」

「……皇上？」三郎錯愕，「小皇儲今年才……」

「快五歲，我知道。」政德帝目光遙遠，「三郎，將他留在京裡不會比較安全……國破即家亡，這就是皇室。我不能容忍啊，三郎，我不能。我寧可將他帶在身邊，共赴國難，讓他提早了解什麼叫做真正的『皇帝』，死也能安心去見威皇帝和傅娘娘。而不是落在婦人或野心之徒的手裡，成為一個傀儡……或者更糟。」

「……您最少也問小皇儲一聲。」三郎低下頭。父母親任意決定子女的生死，是他終生無法痊癒的心病。

沉默很久，政德帝點點頭，「你說得對，我該問他的。」他喚趙公公，讓子繫帶著小皇儲過來御書房。

剛開蒙沒多久的小皇儲的回答很妙，「覆巢之下焉有完卵？」然後抱住皇帝說，「爹去哪我就要去哪。」

「好孩子。」皇帝擁了擁他，「爹會保護你的。要殺你除非從我的屍體踏過去。」

於是，毀譽參半的「政德帝御駕親征」轟轟烈烈的展開了。最惹人非議的，反而不是皇后監國，而是皇帝要將年幼而且唯一的皇儲帶上戰場。

因為這件事情簡直是令人髮指，幾乎成為唯一的焦點。襄國公叛國，被收繳丹書鐵券，全府廢為庶人，王家從世家譜被除出，並且三代不得科舉……因為證據確鑿的關係，反而顯得平淡，連太后悄悄在祈福庵出家的風聲都沒引起太大的騷動。

政德帝親自去跟皇后說的時候，皇后差點撲到他身上。「……你想把我兒子怎麼樣？帶他去死？還給我……把我兒子還給我！你廢了我吧！把他貶為庶人吧！我們會走得遠遠的、遠遠的！絕對不會礙你的路……把我的孩子還給我！」

他安靜的架著不斷掙扎哭泣的皇后，淡淡的笑了一聲。「梓童，這就是為什麼我會選妳監國的緣故。妳恨我，我也不喜歡妳。但妳還會愛……真心的愛妳的孩子。」

政德帝盯著她的眼睛，「梓童，妳不明白情形糟糕到什麼地步了……我勸妳先把白綾準備好。我若戰敗，就算孩子在妳身邊……妳會先死，他不一定活得下來。妳要好好照看著朝廷，御書房的大臣會幫妳。警惕，小心。別忘了妳的兒子在前線，不要餓到他。不要我打贏了，我們生還回來，卻無家可歸。」

「梓童，妳是國母，好好履行一個皇后的責任。別撒嬌了……看、好、家。懂？」

皇后瞪著他，厭惡憎恨的瞪著他。「你讓他傷到一根頭髮，我發誓一定會殺了你，所有你在意的人……都要陪葬。」

「行。」皇帝毫不在乎的應了，「必要的時候，妳把我從棺材拖出來鞭屍、銼骨揚灰都行。反正……」他目光遙遠，「若到那一步，也什麼都沒有了。」

富庶而凶猛的大燕，事實上只是隻紙老虎……將會如何？到時候大燕的問題，絕對不只是北蠻諸部。

狼伺虎顧，被鯨吞蠶食啊。

他轉身離開。待在後宮太久了，他呼吸都有點不順暢。

出了宮門，他下皇輦步行往御書房，仰頭，正好是滿月。

「真美的夜晚啊。」他輕喟，「這月亮，幾乎跟南都的一樣美。趙公公，你說對嗎？」

趙公公恭敬的回答，「皇上，您說得是。」

「……你幫我回南都看看吧。」皇帝淡淡的說，「瞧瞧我那些小姑娘小相公，有沒有好歸宿了。」

「啟稟皇上，待老奴服侍皇上把北蠻子打得潰不成軍望風而逃，老奴就遵旨去南都探視。」趙公公更謙卑的說。

「你想死啊，趙老爹。一個個的……都想跟我去死啊。」皇帝先是淡笑，然後大笑、狂笑，「好啊，走吧！我們走！馬的，看大燕和我的命夠不夠硬……該死的話，我們一起去死吧！」

他歡快的狂笑，肆無忌憚的笑聲，在寂寥的宮廊間，迴盪著。

* * *

華州淪陷，接獲皇帝軍令的邊關諸軍集結在陳州，設法憑著幾個低矮的丘陵和年久失修的關隘邊城死守下去……可惜還是節節敗退。

一來，大燕實在和平太久，真正的精兵悍將都集中在安北軍，其他邊關之軍大部分都沒見過血。而安北軍在失去兩任莫將軍後，已經開始分歧，各自為政，有些有野心的，甚至暗暗保留實力。這種一盤散沙、群龍無首的狀態，即使已經指派了臨時副帥，可惜誰也沒聽他的。

這樣渙散毫無指揮系統的軍隊，能打贏就奇怪了。可以撐到這個時候，幾乎都是倚賴大燕男兒固有的重氣尚義，硬堆屍山拖延下來的。

二來，發現大燕只是個紙糊的老虎，北蠻諸部像是發現腐肉的禿鷹般，追隨著鞑齊爾的腳步，衝向嚮往已久，肥得流油的大燕……源源不絕的從關門已毀的雁回關，燒殺擄掠的滿足血腥饑渴的欲望……等於北蠻不斷增援。

那一天，陳州城將破，要守城還是棄城，將官們依舊在主營爭論不休。城牆上的士兵，疲憊絕望做最後的掙扎和抵抗。

然後，他們看到了奇蹟。

殘陽似血中，奔來踏地如雷的精銳騎兵，高高舉著皇旌和「燕」的旗幟。宛如尖銳鋼刀般刺入北蠻諸部的左翼，硬生生的切割開來，咀嚼、吞噬，像是剜下北蠻諸部聯軍的一大塊肉。

而奔馳在前，左右拱衛著美豔文官和沉默武官的那一位，身著黃金甲，神采飛揚奪目，沒有戴盔，舞著馬槊，帶頭衝鋒陷陣。

雜在陳州城守衛的，還有殘存的御林軍。或許不像暗衛跟皇帝朝夕相處，但也是時時得見的。

「皇上？」御林軍驚呆了，「皇上！皇上真的御駕親征了！最前頭穿著黃金甲那一個……」

一傳十，十傳百，用迅雷不及掩耳的速度，席捲了整個陳州城。

是，聽說過皇上要御駕親征。但以為他就是坐在主營壓陣……而且等擺夠了皇帝的儀仗，根本就只能來看看他們的死狀罷了。

說不定根本不會來，說不定。

但他來了。皇上他……來了。宛是天人一般，從如血殘陽中奔來了，騎著高大的戰馬，揮舞著丈八馬槊，像是天將，像是一個真正的皇帝，領兵在最前的來援了。

當大燕皇旌和大燕旗幟耀武揚威又殘暴異常的穿透北蠻左翼，逼近陳州城，皇帝運起內力，大吼，「隨朕出征！只要還有一絲血性的大燕男兒，大開城門，隨朕出征！」

任何將官都無法指揮自己的士兵。他們像是發了狂一般，出城跟在皇旌之後，跟隨著皇帝，歡聲吼著，「吾皇！吾皇！吾皇！……」

政德帝回應他們的是，一聲飽含痛苦和興奮的咆哮，尖銳而癲狂。

血肉橫飛的熔爐，冶煉死亡的戰場。他咆哮，因為有進無退，因為他被束縛的窒息，為了那個慘死在戰場上的孩子，和身為天子的驕傲。

我不想當皇帝。但現在我就是，絕對是，大燕的皇帝。我不喜歡殺人，但現在我就是，絕對是，梟首北蠻的劊子手。

「來啊！」他瘋狂的大笑，「我就是大燕皇帝，過來交出你們的腦袋！犯我大燕者雖遠必誅！」

士兵也被他的狂氣深染，緊緊的環繞在他身邊，以己為戈、為盾，狂亂到極點的呼喚，「吾皇！吾皇！吾皇！……」

什麼都感覺不到，什麼都想不起來。天下最尊貴的人來了，帶著他們共誅犯燕北蠻，興奮到顫抖，悍勇到感覺不到疼痛。心底只有「吾皇」和「殺蠻子」，其他什麼都沒有。

幾匹駿馬馳入陳州城，反正也沒有人管他們，根本就已經全出城，成了瘋狂和混亂的洪流。

芷荇懶懶的揮手，子繫遲疑了一會兒，牽著疲憊又強自壓抑驚恐的小皇儲。

她勉強把「狗皇帝」三個字吞進肚子裡，「那一位……差點把小公子抱去殺敵了。」還是我勸下來的呢，這皇帝徹底是個熱血白痴，芷荇不耐煩的想。所以口氣並不是太好，「保護小公子的人多了，你待在這兒也沒用……心不在焉的守衛，比沒有還糟。不如你去保護那個白……那一位。我瞧著我家相公和穆大人跟暗衛們……已經相當吃力了。」

子繫終究還是去了，在急行軍中，和芷荇已經混熟的小皇儲慕容燁，悄悄的、緊張的拉著芷荇的裙子，「……爹在哪？」

雖然她是仇視慕容皇室的傅氏嫡傳，但對這麼小的孩子，實在沒辦法產生敵意。沉吟片刻，她把「潑灑傻瓜熱血」這幾個字吞下去，含蓄婉轉，「他在履行一個皇帝的責任……保家衛國中。」

「荇姨……」小皇儲小聲哀求著，「那邊，可以看到爹吧？」他指著城牆。

可以是可以……但她才不關心那個熱血笨蛋。是啦，看起來好勇猛好激情好熱血啊～但真正操的是三郎穆大人和倒楣的暗衛整部啊！槍林箭雨要保住不肯戴盔、死命往前衝的皇帝，難度不啻猛虎口裡搶脆骨啊！

太愛演了，這狗皇帝。入戲太甚，結果累死的是別人。對啦，這樣的確可以把「御駕親征」的戲劇效果達到最大化……但不用最大化，總有更安全更合理的辦法達到目的啊！

派人擊退就好啦，反正天都要黑了。天黑鳴金收兵來個激情演說不就好了？何必自己衝到最前線啊白痴！

但她沒在別人面前罵人爹娘的嗜好，即使對象是個孩子。她畢竟是個嚴守閨範的淑女少婦。

可被一個不到五歲的粉嫩小孩用水汪汪的大眼睛，哀求的看著，不心軟者幾希矣。

再說，她更擔心三郎。

「其實不要看比較好。」她牽起小皇儲，「寫做『戰爭』，卻得念做『殘酷』。你會做惡夢的，小公子。」

他安靜了一下下，小小聲的說，「我不可以怕，荇姨。我將來……會是皇帝。我要當個跟爹一樣的皇帝，真正的皇帝。」

芷荇突然為下一代的諸相百官小小的哀悼一下。出個奇葩政德帝朝臣已經天怒人怨，結果未來的皇帝還要拿政德帝當榜樣……

人間官途是滄桑啊。

抱著小皇儲登上城牆，還留在這兒的幾乎是傷到不能動……或者已經死的士兵。

但還活著的都狂熱的，興奮顫抖的看著城下狂舞而過的皇旌和燕旗……偶爾還能看到他們的皇帝。

三郎使槍，穆大人用錘，暗衛大半都用馬槊……和很多暗器。但他們真的都累了……聽到陳州城將破，皇帝連休整都不肯，一馬當先的跑了，害他們追得好辛苦，把糧隊和馬車都扔在後頭。

更何況還要保衛那個不像話的狗皇帝。

她將小皇儲放下，柔聲道，「芢姨幫他們一把，好不？」

蓄著淚卻死硬不敢哭的小皇儲看著她發呆。雖然他還很小，到底也會分柔弱和強悍。芢姨……肩不能挑手不能提，能幫什麼忙？但他實在很擔心爹，好危險……真的。他恨不得跑下去幫爹，他恨自己為什麼還沒長大。

所以他呆呆的點了點頭。

芢芢彎腰撿起弓，一把把的掂量，搖了搖頭。早知如此，就把弓箭學得精些……或者把家裡的鐵胎弓帶來。

這些輕飄飄的弓管什麼用？不沉一點，她準頭就會有點飄……

好不容易揀到一把趁手些的。這時候她還不知道，這把三石弓是莫將軍賜給他麾下最強悍的弓箭手的。

那個弓箭手傷了腿，瞪著這個柔弱少婦拎著他的弓像是拎著一只羽毛。

「借我用用可好？」她和藹的詢問。

那個名為謝傲峰的弓箭手愣愣的點點頭。然後……他的眼珠子差點掉下來。

那把三石弓，安北軍能使得不出十個。但他敢對天發誓，這把弓強度十足，他只能開八成就已經被稱為人間凶器了。四百步外破石裂頭顱輕而易舉。

但這位斯文潤美的官家夫人，一拉就弓如滿月。

「嘖。」芷荇發牢騷，「能撐過十箭嗎？我當年怎麼不在箭術上多下點工夫……」

箭如流星，疾馳而呼嘯，正好命中對著皇帝揚起彎刀的魁梧北蠻，整齊的對穿過兩邊太陽穴。

……那是千步之外啊！

一箭就是一個北蠻子斃命，如芷荇所預料，她總共只出了十箭，三石弓就承受不住的斷成兩截。

但造成的效果卻很驚人，在普遍相信神佛的北蠻諸部中，這簡直準確得宛如天譴。

凡人是不可能從千步之外筆直的命中要害的！這可怕的事實讓他們不敢接近大燕的皇帝，減輕了拱衛皇帝的暗衛們龐大的壓力。

當然，穆大人別管了，三郎的確輕鬆些了。

「啊。」三石弓一斷，芷荇充滿歉意，「不好意思，我會找人修好的……不然我賠你一把。」

謝傲峰拚命搖頭，眼中充滿了震驚和崇拜。然後瞠目看著嬌滴滴的官家夫人，拎起地上的長槍……使勁投出去，讓偷偷爬上牆頭的北蠻哼都來不及哼一聲，咽喉穿著槍跌下高高的城牆。

「小公子，你跟著趙大人……」芷荇柔聲勸著，但小皇儲卻撲上她後腰，拚命搖頭，瞪大眼睛看著她的一舉一動。

只要還能爬的士兵，爭著收集長矛或長槍，一根根遞給這個柔弱溫麗的官家夫人，看她或遠或近的投槍或矛。

像是她投的不是凶器，而是花瓣、柳葉。毫不吃力，只是行動中帶著微微的風，讓抱著她後腰的小皇儲頭髮微微飄動。

累死了。果然火候不夠，內力這麼快就提不上來……真狼狽。怎麼掉了釵，披頭散髮的失禮於人前……

「……燕子觀音！」不知道是哪個士兵回望城牆的時候大喊，「執戈的燕子觀音！天子統領天下諸軍，燕子觀音也來護持了！」

……啥？

結果這場激戰糊裡糊塗的戰勝了……因為北蠻大潰退。諸部信奉「長生天」，據說是觀世音的三十三化身之一。華州徹底淪陷，唯獨燕子觀音金身所在的赤鸞山連經過都不敢，何況驚擾……小心翼翼的繞著走。

他們比誰都了解箭和投槍的射程，所以這樣完全不可能的遠距離和神般的精準，除了燕子觀音下凡，實在找不到任何理由。

鐵甲執戈女，可是慈悲的長生天僅有的暴虐相啊！

這一役，雖然沒有實質上的重大戰果，卻意義非凡。大燕亮出潛伏的獠牙和利爪，證明只是沉睡，被驚醒時異常暴躁。皇帝的搏命演出，也震懾了文武百官。他不只是個無賴流氓皇帝……

還是個不怕死，甚至樂意帶著皇儲一起死的無賴流氓！

天底下還有比這更可怕更讓人顫抖股慄的皇帝嗎？連文死諫都不好意思撞柱子……那個流氓準備兩代殉國欸！你一個小官兒自格兒撞破腦袋……太小兒科了。

原本有些野心或算計的武將也蔫了。你還不能跟他爭什麼將在外君命有所不受……這流氓皇帝就在這兒。他咳嗽一聲比哪個軍頭打軍棍有效多了……兵都成了皇帝的兵，眼睛只會跟著他轉了。

你敢不聽皇帝的？想要享受一下士兵譁變的後果嗎？有個老將軍對皇帝傲慢了一點點……他的兵都反了，鬧得那個真是凶猛狼狽……

大致上來說，皇帝和三郎都很滿意這樣的結果。命還在，威信又立了起來，這次的御駕親征起了百分之百的震懾作用，最少不如他們所預計那麼淒慘，還能爭到更多的時間，來得及把文武兩方的爛攤子一起收完。

大家都很滿意，只有芷荇非常不滿意，甚至憤怒。小皇儲崇拜她崇拜個賊死，整天黏著她……她忍了。小孩子……尤其是粉嫩嫩的小孩子總是能提高容忍度。

但是那個謠言……「燕子觀音」的謠言……她就不能忍了。偶爾她外出，不管是騎馬還是搭馬車，老有人攔車跪拜，有的更誇張，連香案都端出來了，自動替她揚楊柳枝灑水淨道……

誰知道她誰啊?!我跟燕子觀音一點都不熟！

至於謝傲峰和他的一千弓手同袍跑來跪求拜師，她更完全不想理了。

狗皇帝。她心底暗暗咀咒。果然遇到慕容皇室就會沾到一堆破事，完完全全被帶衰。

她真恨死了慕容家了。

打仗不是陣前潑灑熱血就算完了，後續安置才是真正繁難的部分。所以男人們好幾天不見蹤影，芷荇很能體諒……三郎每天都差人來送信，雖然往往只有潦草幾行，就芷荇來說，已然太夠……甚至忍住沒跟三郎抱怨這種莫名其妙的待遇。

可以的話，她都想乾脆窩在知州府不出門了……但是終於趕來的糧隊隨軍諸官，亂了幾天也不見安頓，傷兵營也是一團糟……皇帝和一干文武大官無暇管到這種小事，主事的又一派馬虎隨便，最後都告狀到她這裡來了。

……關我什麼事啊?!我只是個大門不出，二門不邁的官家命婦!

怪就怪她心腸太軟，先是醫了謝傲峰的腿……原本宣告無救的。一旁幾乎斷氣的幾個傷兵，她也順手急救開藥方……因為那個莫名其妙的什麼「燕子觀音」，傷兵營不太敢驚動她，除非真的危急，才會上門小心翼翼的求助。

這也是為什麼，她尷尬憤怒之餘，還是綳著臉出門的緣故。子繫久久不歸，她只能把小皇儲帶在身邊。

結果就是，傷兵營的整頓成了她的事……明明她只是來看診的。但是這種等於把人扔著等死，軍醫如無頭蒼蠅，環境污穢血氣沖天的鬼地方，實在太觸動她的底線。她很明白「不在其位，不謀其政」……但人皆有惻隱之心，作為一個醫者對這種「錯把醫營當義莊（古代停屍處）」的狀況實在是大大的不能忍啊!

傷兵營的將官本來不想甩她，讓她在袖底暗暗握起拳頭，蓄勢待發的想踹過去……小皇儲卻開口了，「荇姨無權管，那本王的話，你不聽嗎？荇姨說什麼就是什麼，懂？」

將官啞口。他腦袋燒壞了才敢不聽皇儲的話……他可是皇帝唯一的兒子！就算小皇儲不到五歲……在皇帝面前撒個嬌兒，他還有活路嗎?!

於是在傷兵營將官的阿諛諂媚中，傷兵營的整頓，就歸了芷荇。

但是糧隊不只是帶糧草，還有許多補給和醫藥。從入城亂到芷荇整頓傷兵營，還沒個完。傷兵營的醫藥糧食都快供不上了，糧官還理直氣壯的扣著不發。

這次芷荇沒忍住，一掌刨穿了營柱，讓那個兵帳垮了一半。她冷冷的望著糧官，望得他心底發寒，差點尿褲子。小皇儲又出口撐腰，就在芷荇嚴厲的監督下，糧隊用飛快的速度安頓下來，而且正常合理的供應各部軍隊，特別是傷兵營，一刻都不敢拖延，令發即付，一絲半點都不敢扣。

其實在大燕歷代，傷兵營往往是最被忽略的一環。就算救活了，很可能傷殘到不能再上戰場……最少不能立刻上戰場。軍方需要的是即時戰力，在那個年代，並沒有太多的人道精神。能優先獲得治療的，往往是輕傷，重傷通常要看自己的造化。

芷荇可以諒解這種殘酷選擇，卻不能認同。她畢竟是個女人，婦人之仁的非常理直氣壯。

而且，就算傷殘，上過戰場的老兵就是重要資源。有很多傷兵，只要使把勁兒，把他們從鬼門關拉出來，將來就會變成更有價值更熟練的士兵。

而不是……不斷的把白紙一般的少壯新兵送上戰場，讓運氣決定生死，用大量的折損來淘選所謂的「精兵」。

她做這些事情顯得很輕鬆寫意，跟處理家務沒兩樣。跟在她身邊的小皇儲常常發問，她也無可無不可的回答。就她而言，這些真的沒什麼。

治大國如烹小鮮。家事國事，只是規模大小，事實上都是差不多的脈絡。

但對小皇儲來說，和芷荇相處的這段時間，影響相當深遠。他在位時，是大燕難得文武平等的朝代，一掃兩百多年沉積的腐朽陳舊，風氣為之一新。而在軍中，煒帝威望極重，絕對不是虛無的影子。

畢竟他不到五歲大的時候，就已經在陳州城令馮夫人許氏整頓傷兵營和糧隊，展現了「慈君」的風範。成為太子之後，多次親自巡視邊關，視士兵如兄弟，非常重視他們的性命。

但也就是太深遠了，深遠到他長大選皇后選了一個武藝高強的將門虎女，帝后情感甚篤……即使性格大而化之，不怎麼適合當個皇后，還有在宮中縱馬的惡習，常把太后（政德帝皇后）氣個半死……燁帝依舊專寵皇后，視若珍寶。

這個影響是好還是不好……坦白說，還真難斷定。此是後話。

等軍中諸般議論與調度行軍告一段落，已然月餘。此時已經將北蠻驅出陳州，等各路探子回報，即將要進軍華州。

這個時候，芷荇才看到三郎和子繫歸來，臉孔一青。

三郎是滿滿的不捨，打不下手。但子繫只是她的病人，她真的想立刻痛扁他一頓。

當年宮變的內傷非常沉重，費了她多少心思才醫治得差不多……現在這死孩子又把舊傷弄得更沉重。

「你……」她虎視著子繫，「你讓那一位賜個好點的棺材，找個風生水起的地自埋吧！省得浪費我的力氣，還浪費藥材！有什麼好拚的？輪得到你拚嗎?!拚成這樣他除了棺材可以給你啥啊你說！」

子繫只是低頭笑，溫馴的。「對不起。」

「說對不起就有用，還需要捕快嗎？」芷荇更火。

三郎輕咳一聲，滿眼幽怨的看著她。

「……我是捨不得。不然你會被我罵得更難聽。」芷荇嘀咕。

雖然知道皇帝那邊有御醫隨行……但御醫這行當，總是希望保平安為上，開的藥方絕對吃不死人，溫和得不像話，還做仙風道骨狀說啥「病去如抽絲」。

抽你們那條名為「明哲保身」的筋比較快，還抽什麼絲。

她毫不客氣的用了最痛的灸艾，開了最霸道的藥，把子繫趕回去了。

一旁看得三郎都有些膽寒了……雖然知道芷荇不會在他身上如法炮製。但看著藥艾在子繫後背的穴道燒，子繫這麼漠視痛苦的人額頭滿是黃豆大的汗滴，牙齒咬得咯咯響……實在很難不毛骨悚然。

「荇兒，我知道妳很生氣……」三郎小心翼翼的說，「但子繫……不會有事吧？」

「頂多吐幾口瘀血。」芷荇冷冷的回，「就三服藥，吐完就好大半了。調養個十天半個月，就可以上戰場保護那個……那一位，生龍活虎的想怎麼死就怎麼死了。」

她妙眼圓睜，「三郎你……」

豔美冰冷、煞氣沖天，在戰場上殺敵無數，依舊面無表情的馮總知事，被他娘子一瞪，立刻乖順的低下頭，甚至有點可憐兮兮，「抱歉。」

芷荇繃了一會兒的臉，終究還是頹下肩嘆氣，溫柔的把脈，開方叫人去抓。檢視他身上的傷口，看著他從肩到胸、還會滲血的刀傷，換藥重新包紮，心疼的垂淚。

三郎心底難受極了。真不如像子繫一樣讓她大罵一頓。向來能言善辯的他頓時口拙，似乎說什麼都不對。最後只能訥訥的說，「為了自由……我已經把命賣給他了。」

「我知道。」芷荇無精打采的回答，「所以才罵不出口。究其源頭，終是為我……我把武功學好些就好了。可我只有內功還有點天賦，但內功……沒個二十年都不算小成。沒能幫到你什麼，我很難受。」

他啞然，有點哭笑不得。陳州城大捷，除了御駕親征的皇帝鼓舞起來的狂亂士氣，最重要的就是「燕子觀音」下凡。

那幾乎不可能的十箭，和數不清威猛凌厲的飛槍或矛。

然後她說，「沒幫到什麼。」並且真心難過。

成親這麼多年了，他已經不是被孤立被厭惡，生無可戀，一心想死的馮知事郎。朝臣敬重，權勢在握，現在連世家們都承認了順德馮家，他是開代家主。

但他對芷荇的情，卻與日俱深，深到難以開口，似乎說出來都像是虛假的褻瀆。

他也曾想過為什麼。

或許是，她漸漸成熟豔妍，溫麗婉約，越來越像個嫺淑的官家命婦。但改變的只是外表而已……她的心還是那個對萬事精明幹練，唯獨對他有些迷糊無助，有時會困惑卻溫柔的少女新婦。

明明是驚世絕豔的傅氏嫡傳，卻一直覺得沒什麼，不太行。

或許有些惶恐吧？扶持著威皇帝打天下的傅氏，曾被擁戴的百姓稱為「凰王」，跟威皇帝的小名「鳳皇」剛好是一對。

在他懷裡的是凰的後代，嫡傳的凰雛。

「當心你的傷！」芷荇驚叫，想挪開來別壓到他的傷口。

三郎卻把她抱得更緊。「別管那個……荇兒，我很想妳。」他溫柔的甚至有些虔誠的吻了芷荇。

幹嘛臉紅啊真是……成親這麼多年了。芷荇暗暗的罵自己，眼眶卻跟著紅了。別人看她很鎮靜，其實她害怕極了。

她很怕失去三郎。不知不覺中，她把傅氏的所有家訓都違反遍了，三郎就是她的一切。

只是害怕一點用處都沒有，她只能冷靜下來做能做的事情。

「……我更想你。你知道嗎？你若死在戰場上，我就自刎跟你走……所以你一定要保重自己，我的命也在你身上。」

三郎吻了她，不想讓她說出那些可怕的話。

* * *

坦白說，收復華州並不是件容易的事情。

熱血一戰不難，夠煽動夠流氓就可以耍得非常威風……就算沒有「燕子觀音」的加持，其實也能獲得這一勝，只是死傷更慘烈罷了。

但援一城，易；收復一州，難，極難。

皇帝和三郎等都讀過兵書，但也只限於紙上談兵。他們沒有實際的軍事經驗，更沒有時間慢慢磨。雖然獲得所有士兵狂熱的擁戴，但口服心不服的將領在所多有，冷眼旁觀，等著看這個熱血過頭的皇帝鬧笑話。

但這些桀傲的將領忘了一件很重要的事：這個皇帝，是個流氓。流氓，只有江湖道義和規矩，才不跟你講資歷或門第。

而且，流氓頭子的手段，特別的殘。

所以皇帝召集所有的軍頭論收復華州，有開口給予建議和想法的，就算再怎麼蠢都沒事。但那些默不作聲裝死的，當場就降了半階官職。

政德帝冷笑一聲，壓下了譁然，「領了大燕的軍餉，就給朕動腦子幹事。不想動腦子的……」他猛然拍裂了帥案，「老子整得你連腦漿都流出來！退下！」

隔天再次召集，果然人人踴躍，那些被降官階的猶然。

但這次政德帝還是冷笑連連，犀利毒辣的指出幾個將領的重大錯誤和謬論，真照他們講的進軍，大概只會全軍覆沒，最好的狀況也是在艱險山區迷路到死。

「老子說過，對不起大燕軍餉的，會整到你連腦漿都流出來。」政德帝無情的說，「以為老子沒去過華州，頂多看看山河圖而已？門縫裡看人，把老子瞧扁了啊！」

這回幾個統領一州或在安北軍有崇高地位的將領，被一擼到底，從大頭兵幹起了，還是最容易喪命的先鋒營。

當然不免引起一點騷動和譁變，畢竟是舉足輕重的軍頭。但規模都很小，還沒能鬧到皇帝這兒就被自主的士兵鎮壓了。

那些自作主張的士兵戰戰兢兢的來皇帝這兒請罪，沒想到皇帝把他們誇了一個天花亂墜，飄飄欲仙。

只能說，流氓頭子很會呼嚨人。他說啦，士者忠君愛國才是正理。他們是大燕的士，是皇帝的士！不是某某軍頭私家養的家奴，更不應該坐視那些以公為私、禍軍亂國的混帳胡來……做得真是太好了。

但是軍法擺在那兒，以下犯上，軍棍是免不了的。皇帝會盡量酌情，卻不能免罪。畢竟大燕軍律不是擺設。

所以有一大批自主鎮壓譁變的士兵和小軍官都挨了軍棍。

可政德帝最可怕的就在這裡。他那強烈富有人格魅力的流氓性格，卻讓這批、甚至是全燕雲聯軍的士兵更狂熱崇拜。

皮肉痛算啥啊……誰能讓皇帝，堂堂天子親自慰問褒獎？重樹並且改革了廢弛已久的大燕軍律，一切依法辦事，再不容任何軍頭胡亂私刑，士兵受到不公不義的對待，甚至可以上書各地知州，由大理寺派人調查辦理。

我們……不是大頭兵。我們是國士，大燕的士，皇帝的士。我們該服從軍令……但我們可以挺起胸膛，大聲的說，我們就是大燕之士！

呼嚨完了崇拜兼激動的士兵，讓他們乖乖去領軍棍，皇帝將腿擱在帥案上，不停發笑，「我們大燕的男兒，大部分還是挺有血性的嘛……就是單純了點。不過，我喜歡。」

隨侍的穆大人望著地板默不作聲，只是有點愴然……想當年年少無知，就是被順王這麼呼嚨過，把命賣給順王了……誰知道他會當皇帝，危險指數節節高升，導致他到現在還沒成家……明明只差一點點了，偏偏要跑來打仗，他又捨不得心儀的姑娘當寡婦。

看著往事重演，這群可憐的小夥子……穆大人只能暗吞英雄淚。

三郎依舊保持他的鎮定，「皇上，您應自稱『朕』。您不是江湖幫主或一方梟雄，莫自稱『老子』。」

「三郎你真煩……」皇帝發牢騷，「好啦好啦，朕就朕。那群天殺的王八蛋……膽敢唬弄老子！」

三郎放棄的嘆了口氣，不言語了。

只能說，這些桀傲將領將皇帝看得淺了。他和三郎苦心經營多年的情報網，以三教九流組成的雀兒衛為經，南通北達、消息敏銳的商家為緯，麾下的暗衛稽核，已然完熟。

雖然雀兒衛良莠不齊，屢屢故障，但雞鳴狗盜之徒，卻往往能在最危險最不可能的地方取得重要情報。商家雖然也有貪利的毛病兒，無利不早起。但是只要公平的給他們「利」（官爵與子孫科考優待），他們就會回報以「義」，銀貨兩訖。

兩方取得的消息若是雷同，大致上就沒問題。分歧太大，只要派他直屬的暗衛去稽核往往就能得到真實的情報。

這些年的努力並沒有白丟在水裡，在這關鍵時刻，就足以戳破居心叵測的誤導。

「皇上，您逼太緊了。」三郎又開口，「各軍將視兵為自家軍已久，根深柢固。您驟然……」

「沒時間了，三郎。我們沒有時間一個個摸頭說好乖。」皇帝垂下眼簾，「你不會不知道吧？南夷蠢蠢欲動，連回紇都聚集在邊界。我們這個下馬威不夠猛……就等著年年刀兵，漸漸被虛耗到死。我不可能次次都御駕親征……皇后頂不了太久的。她沒有政治上的才能。」

「恨我也無所謂。」皇帝很不像樣的往椅背一癱，毫無形象的在帥案上翹起二郎腿，「他們又不是漂亮的小姑娘或小夥子，我還得安撫憐惜他們脆弱纖細的心靈？領大燕軍餉還刮這麼多油水……給我幹事！老子要收復華州，他們就拿出一套能執行的戰略！如果通通不行，全換了也無所謂！我就不信偌大的燕雲聯軍，沒有個能打的！」

事實證明，硬的怕橫的。再怎麼桀傲不馴的將領，也敵不過寫做「皇帝」，得念做「流氓」的大燕天子。

再召會議，果然就交出一份漂亮犀利的戰略，所有將領都恭敬的簽字立軍令狀。流氓皇帝很滿意，大肆吹捧誇獎，直達逢迎拍馬的地步，讓每個將領面紅耳赤，愧不敢當。

沒想到，這麼粗暴蠻橫的手段，能收服住這群驕兵悍將。三郎淺淺的噙了個幾乎看不見的微笑。

但是，發兵華州前夕，皇帝深思的看著三郎，直看到他毛骨悚然。

「馮三郎，你沒什麼話要對朕說嗎？」皇帝挑了挑眉。

三郎心底警鐘大作，謹慎的低頭，「臣，無事可奏。」

「欸欸欸，我看起來就那麼不值得信任嗎？」皇帝湊過來，「你一定有什麼祕密，可以告訴我的吧？比方說，燕子觀音……」

三郎立刻打斷皇帝的話，「臣懇請告老乞骸骨。」

「你真不是個東西！」皇帝怒了，「臨陣脫逃啊？想得美！你們夫妻可是一起賣給我啦！」他又立刻眉開眼笑，「算了，難怪你每次都這麼大反應。傳承兩百多年啦……還這麼威猛。當年的她……該是多麼、多麼……難怪會被叫燕子觀音啊。再也沒有更適合的稱謂了。太祖皇帝就是個笨蛋啊！……」

皇帝嘀咕到高興了，揮手讓三郎退下。

這時候三郎才發現，自己後背的汗，已經透出衣服。

因為馮夫人的「神蹟」，所以陳州知州府大開中門，恭恭敬敬的將馮夫人許氏迎到知州府，又因為小皇儲常常在此過夜，除了靠得住的奴僕，知州大人全家都挪到官府後衙，讓地方給傳說是燕子觀音化身的馮夫人居住。

馮夫人卻意外的和藹可親、溫柔體貼，很少差遣知府家的人，身邊事只有幾個自家帶來的婆子和隨從打理。

沒讓吉祥和如意來，這兩丫頭相當不忿。只是如意前年嫁給李大，現在肚子大得低頭看不到足尖，跟來添什麼亂？如意都只能乖乖保胎了，吉祥再跟著來，那留園誰管？

跟來的婆子和隨從多少都有點防身功夫，她不用太分心。人嘛，處久了都是有感情的。這兩個陪嫁丫頭跟著她度過多少風波歲月，她是不捨得讓她們跟來戰場吃苦的。

原本連這幾個僕從都不想帶，也是他們死活跟來的。只是……他們馮家僕多少都有點抗性，知州大人家的家僕被嚇得夠嗆，暈死有之，磕頭有之，更多的是逃之夭夭的。

她也有些年沒看到三郎現出這種淒豔女鬼像，還多添了十足的煞氣……一整個天寒地凍、陰風陣陣，連她都有點不適應。

問他也不答，只是用冷冰冰的眼珠子死盯著她看，專注到幾乎抵達淒厲的程度。

良久才開口，「荇兒，我們逃吧。」

「……哈?!」

等好不容易搞清楚了，芷荇一整個啼笑皆非。她這夫君啊……遇到她的事情總是反應太過激烈。

「那一位知道又怎麼了?」她笑著反問，「證據呢?就算他把威皇帝從陰間招魂過來，他也認不出我到底是不是啊。他硬要說是，我沒義務回答他啊。孔老夫子都可以春秋筆法了，咱們師法一下，不為過吧?」

我就不回答，沉默以對。狗皇帝再流氓，能對我怎麼樣?對，他可以猜測、懷疑。但沒有證據就證明不了什麼。

三郎神情稍霽，卻還是沉沉的嘆了口氣。「那一位……很崇拜傅氏娘娘。宮裡所有遺稿……他都能背了。自命傅氏外門弟子……」

芷荇打斷他，「這是不可原諒的偷師。我身為傅氏嫡傳，沒把他清理門戶掉，就偷著樂吧。真把我逼急了……我可是有權處置傅氏傳人的。」

看她趾高氣揚的嬌俏傲氣，三郎終於笑了。他總是容易把事情想到最壞，但芷荇總能往最樂觀的方向去想。

往往跟她說說，滿天的愁都散了，永遠沒有絕路。

這怎麼好呢？看著他破顏一笑，芷荇依舊覺得被迷得發昏。都奔三的人了，還是肌雪顏花，又增添了幾分憂思與歲月打磨出來的風華，那沖天的煞氣，只是增加了不敢褻玩的距離感，卻不能減損一絲一毫的麗色。

三郎曾經試圖蓄鬍，可惜鬍形不好看，不要說皇帝受不了，她也受不了，最後只好親自幫他修臉了。

夫君長得太好實在麻煩、超麻煩。放在外面實在令人不放心。

聽她軟軟的抱怨，三郎笑得更深，如春風拂面百花撩亂。「妳只是……『情人眼底出西施』罷了。其他的人看到我，只會想到冷閻羅斬了多少官的腦袋，連和我對視都不敢。」

「他們該怕的是皇帝。又不是你決定殺誰就殺誰的。」芷荇嗤之以鼻，「小姑娘只會覺得超威風，很大丈夫。」

「咦？這世界還有其他小姑娘？我怎麼沒發現？」三郎調侃，「是了，我家就有個最好的小姑娘，難怪我看不見其他的。」

芷荇耳朵都紅了，「油、油嘴滑舌！一定是那狗……那傢伙把你帶壞了。真是……要有主見啊！怎麼能夠隨便讓那流氓傳染……」

三郎輕笑擁著她，滿足的嘆了口氣。

* * *

收復華州並不是勢如破竹，北蠻諸部異常悍勇。雖然燕子觀音的威名將他們嚇住了一時，但垂涎已久的華州河套，好不容易落入嘴裡，他們實在不捨得放手。在鄭重祭祀過長生天後，他們開始用多年內鬥打磨出來的武勇和大燕對陣。

最初北蠻諸部的確佔到上風，但時間稍長，皇帝親自領軍的燕軍，開始展現一種強悍的血性和韌性，用一種不死不休、寧可同歸於盡的狂氣，強力壓迫北蠻諸部，最終殘暴的擊潰。

這種令人膽寒的狂氣與殺氣，連向來悍勇的的北蠻都為之顫抖恐懼，以至於束手就擒的俘虜人數節節高升。

雁回關被重軍強駐，撤兵困難，前又有大燕皇帝御駕親征的虎狼之軍。原本就是因為利益短暫結盟的北蠻諸部，在重大壓力下又潰散了。眾議之後，軛齊爾部的族長被公推出來當酋首，向大燕皇帝獻乞和書。

可以說，大燕邊國都已經相當有經驗了。漢人皇帝就是好大喜功，暫時低一低頭願意稱臣，往往就沒事了，嘴巴甜一點，連俘虜都能好手好腳的發還或者交換。頂多要點希罕歲貢吧……但所謂的「希罕」，就是大燕少見的玩意兒……在他們那兒，說不定多得滿地亂跑……像是良馬、某些藥材，石頭或一些沒啥用處的花、更沒啥用只是稀奇古怪的野獸。

一年兩年貢一貢，就可以不甩大燕皇帝了。反正草原茫茫，遊牧民族居無定處，大燕皇帝頂多發發脾氣，卻不會勞師動眾的去尋他們麻煩。

其實吧，軛齊爾酋首還真的沒料錯。大燕自命天朝上邦，泱泱大國。去追討蠻荒邊國的歲貢實在不夠大氣。宣揚國威，能在史書濃重的書上一筆武功，那就達到目的了。區區一點歲貢和賠償，實在不看在眼底。

只可惜，政德帝不是個常規大燕皇帝。

他接過乞和書，草草看了一遍，面無表情的一撕兩半。即使語言不通，北蠻酋首也完全明白他的肢體語言。

他懶洋洋的撐著臉，跟通譯說，「你跟那個蠻子說，稱臣又不值一個銅板，老子不要。要講和可以，一個蠻子俘虜，價值五匹馬或二十頭羊，不然一百個燕人俘虜也行。別蒙朕……老子可是知道被俘燕人約兩萬，可朕有十二萬個蠻子俘虜。」

通譯轉告了酋首，結果他異常憤怒的嘰哩呱啦一大串，通譯要回稟，政德帝不耐煩的揮揮手。

「討價還價不用告訴朕。你直接跟他講，大燕沒有糧食給北蠻子吃，但是呢，打壞的雁回關，燒得一塌糊塗的華州城，只餘廢墟的華州諸村鎮……林林總總的工事很多。恐怕這些蠻子俘虜得在華州待很長一段時間……總沒有把別人的家燒了不幫著夯牆挑磚的吧？

勸他不換也行，記得來送飯。做工不吃飯，鐵人也熬不住。但老子卻沒有那種慈悲心腸，餓死一個少一個禍害。死前該做的工還是得做……若是這十二萬俘虜餓死卻沒幹完，老子不排除去北蠻綁人回來繼續做，懂？」

通譯好不容易轉達完，但酋首的回答讓他很為難，不知道怎麼回皇帝。

「說。」皇帝冷冷的，「照實說。」

「他、北蠻酋首他說……」通譯硬著頭皮，「您、皇上您是……土匪馬賊之流。」

「錯了，」皇帝笑得很猙獰，「老子是流氓。而他們呢，是強盜。惹到流氓，強盜也只能等著活剝皮，懂？」

聽完通譯的話，酋首很絕望的並且真正的認識了所謂的流氓。

北蠻諸部還在奴隸主制度的程度，貴人和賤民、乃至於奴隸的差異很大。或許可以不在乎奴隸和賤民的性命，但是非贖不可的各部貴人俘虜起碼也有千餘人。

就滿打滿算一千名，就是五千匹馬，或兩萬頭羊。這已經是筆不小的數字了。如果還要考慮到當中精銳和青壯……最少也得贖一半回來，那對游牧民族來說是筆龐大的巨款，若要全贖，真的得窮究諸部所有財富，連這個冬都別過了。

但政德帝根本沒有給他們討價還價兼扯皮的時間。撕毀乞和書當天，他就下令給北蠻俘虜斷糧了。

這還不算，最可怕的是，既然已經收復華州，掩埋軍民屍骨，當中自然有北蠻子的屍體。地痞流氓不可怕，可惜他是全大燕最大尾的流氓皇帝，手段之陰毒令人髮指。

他令軍民收攏北蠻子的屍體，管他爛成什麼樣子，通通砍頭。屍體堆在一起燒了，上架大鍋，把北蠻子的腦袋通通用滾水煮得稀爛，待涼刷去殘餘皮肉，只剩潔白頭骨。

然後讓家破人亡、痛苦不堪的華州軍民拿著這些頭骨往雁回關築京觀，裝飾一下正在修繕的關牆。揚言餓死的北蠻俘虜也比照辦理。

斷糧第三天，酋首火速送還兩萬燕人俘虜和襄國公的屍體，同時還有五百頭羊暫時充伙食費……政德帝很「仁慈」的還給北蠻三百個人。

襄國公嘛，身分格外不同。以一抵百，也該然的，就不跟北蠻子太計較了。但讓人瞠目的是，政德帝連棺材都不給一口，只讓死去的襄國公穿戴整齊，上囚車押回京城，發給大理寺親審這個死人。

囚車的行程自然不會太快，雖說天氣漸漸涼了，依舊一路湯湯水水的爛過去，爛到京城的時候，已經不成人形。

大理寺卿接到這個案子，險些昏過去。從古至今還沒聽說過審死人的……這怎麼審？要審什麼？等看到遍體滾蛆、面目全非的襄國公，大理寺卿真的昏倒了。

可惜昏倒也沒用，押送襄國公屍體的暗衛們很有耐心的等待大理寺卿甦醒，恭敬卻堅決的說皇上還在等他們回訊。

這大概是大理寺審理最迅速的案子了，反正人證物證確鑿，堂下的「犯人」也一概「默認」。只是畫押的時候發生了點困難……但這點困難讓高瞻遠矚的政德帝提前解決了。

暗衛掏出密封的罐子，倒出襄國公用藥物保存完整的大拇指，很順利的蓋了手印。

於是襄國公以「叛國通敵，動搖國本」的謀逆大罪，斬立決，傳首九邊。執行的一絲不苟，完全照大燕律來……即使襄國公早是個死人。

這明顯精神不太正常的處置，將原本如沸湯般的京城朝野議論潑了一大盆冰雪，沉默安靜下來。在有心人士的操弄下，政德帝輕忽軍士性命，一百個俘虜只等於二十頭羊，這已經夠讓言官埋首寫諫文了。又橫征暴斂，斤斤計較於財貨，完全失去泱泱

大燕天朝風範，更是讓士大夫炸鍋了。

但惡臭沖天、爬滿了蛆，爛得一路滴屍水的襄國公屍首，在無遮無擋的囚車裡進京受審，著著實實嚇壞了這一輩子生活在安逸裡的諸相百官。

跟個流氓昏君講仁義道德，那比抬手摘星還難，比上蜀道還艱險百倍。

打了這麼多年的交道，諸相百官非常識時務的緘默。

真把那個不講理的昏君惹毛了，跟襄國公一掛鉤……怎麼辦？襄國公橫行朝野二、三十年，誰能跟他沒半點關係……沒關係的，頂好的在地方當官，頂慘的墳頭草比人還高。

愛惜性命，沉默是金。

政德帝倒是毫不在乎京城議論。當初三郎提出來的時候就講明了這招玩的是心計，得的是實利，但名聲也會損壞得很厲害。

誰理他們啊？莫非他也跟著之前的祖宗皇帝一起玩什麼「仁善懷柔」的愚蠢，就能從昏君變明君？別鬧了。

兩萬個待教訓、還不堪用的俘虜奴隸，除了白耗糧食、白耗人力去看管，能有什麼立即的利益？可是馬和羊是遊牧民族珍貴的資產。

這筆生意，怎麼算都是拿沒有用的俘虜先把重要的北蠻貴人換出來比較明智。因為大燕皇帝實在太殘，太會做了。說斷糧就斷糧，一點商量的餘地也沒有。不但如此，還在那兒築頭骨京觀……證明他完全不是在開玩笑的！

趕緊把人還了，還能讓他略微鬆一鬆。

不然那個流氓皇帝真的敢把十二萬俘虜一起餓死，眼睛都不帶眨一下的。

果然，把燕人俘虜還了，那該死的大尾流氓雖然傲得不肯再見他們，轉手把事情倒給比大燕女人還美的文官。

雖然說，這文官比安北軍最勇猛的將領還殺人如麻，槍下北蠻亡魂無數，讓人發寒。但畢竟平靜講理多了，還能好好商量事兒。

只可惜，北蠻諸部畢竟耿直，沒好好打聽這位肌雪顏花的馮大人外號叫「冷閻羅赤煉蛇」。被坑得更慘，還沾沾自喜的以為得了便宜，順利的用半價贖了那一千多名重要的貴人。

至於其他人麼，誰讓你們不是賤民就是奴隸，要不然就是身分不夠高。馮大人慈悲為懷的讓你們做工自贖呢，還管飯吃。做個十年八年就能歸鄉，該滿足了。

坦白說，北蠻俘虜的待遇不算太壞，工事雖重，最少能吃飽穿暖。但三郎是誰？他怎麼可能做沒有意義的事情？

自從他被芷荇啟發，重重的教訓過皇后之後，他為官越發圓熟狡詐。挑撥離間如行雲流水，被蒙的人還感激涕零，覺得馮大人真是體貼知己。

十年後，這十來萬的北蠻俘虜，終於將整個華州修繕完全，煥然一新，比戰前更富庶繁華。一小半留下來成為燕雲的精銳，充滿仇恨的對付當初拋棄他們的北蠻諸部。一大半回到北蠻，讓北蠻原本的內鬥更加衝突尖銳，滿懷恨意的。

但大抵上來說，對大燕……或者說馮大人和政德帝，充滿感激。畢竟部族拋棄他們，原本他們的命運就是等著做工做到餓死為止……但大人和皇帝給了他們希望和生機，並且慨然實現了諾言，讓他們償還完了戰爭的罪惡就給予自由。

雖未稱臣，但政德帝和煒帝在位時，這十來萬的北蠻子異常忠誠，北蠻和大燕衝突時，總是站在大燕這一邊，甚至自請隨軍平定過南夷。

只能說，比起流氓和心機鬼，這些大漠漢子，簡直是純真的小羊兒，被賣了還感

激涕零的幫人數錢

此是後話。

讓我們將鏡頭轉往皇帝突然把要北蠻……呃，和北蠻交涉的事情交給三郎的時候。

進軍華州之後，皇帝忙得不可開交。他一面領軍，一面死命壓榨眾將領肚子裡的貨，現學現賣。將來一定還有戰爭，而御駕親征不可能再有。他深入了解軍事，這是最後也最重要的機會。

芷荇還以為，皇帝將她給忙忘了。但她也不閒，每天都有傷兵運回來，隨軍的她儼然是軍醫之首，雖然覺得這樣不好，但皇帝把小皇儲扔給她，她也無奈的帶著小皇儲出入傷兵營，讓這年紀太小的孩子目睹了太多生離死別。

其實她還真有那麼一點羨慕。那流氓皇帝有個這麼乖、這麼優秀的孩子。她和三郎幾時才能安定下來生兒育女呢……？

身體調養得差不多了，偏偏遇到打仗。仗打完了還不算完，還有太多待處理的後續。

她嘆氣，埋首繼續看診。

就在這時候，子繫突然來了，說皇帝想見她，單獨見她。連小皇儲都不能跟。

真想一口拒絕……芷荇皺緊眉，打量子繫的表情。他神情坦蕩，略略有點憂傷，溫柔的牽著小皇儲的手。

看起來不是有什麼算計……那流氓皇帝大概得閒想親口問問吧。

問就問，誰怕誰啊。沒辦法，她現在的身分是「馮總知事夫人許氏」，私底下可以藐視不敬，表面工夫還是得做得完美。

所以她上了馬車。

讓她詫異的是，馬車居然沒往主營去，而是鐸鐸的往赤鸞山，據說燕子觀音金身之處。

打仗呢，她哪能到處亂跑去上香啊？所以只知道方向，還從來沒去過。

等進了山門，她變色了。白玉雕就的燕子觀音穿著真正的鐵甲，手持長戈。那面容……她很熟悉。

應該說，歷代傅氏嫡傳都很熟悉。她們都慎重的傳承了太祖奶奶傅氏的自畫像，栩栩如生，筆法絕非世間人所有，宛如真實。

她的心狂跳了起來，只是強自按捺住，看起來還是知書達禮、溫美柔弱的官夫人。

政德帝大步的迎上來，依舊著金甲，卻未綰髻，落拓不羈的長髮散亂，風塵僕僕。神態暴躁緊張，卻強自壓抑出平靜。

芷荇心念如電轉，模模糊糊猜到一點苗頭。但她還是行國禮如儀，一絲不苟。對，傅氏後人男降女不降。她會屈膝行國禮，只因為她是「大燕馮總知事夫人許氏」，並不是傅氏嫡傳對慕容皇家屈服。

理與禮，就算是世仇之前也必須站穩咬死了。

政德帝粗魯草率的回了師禮，「別來這套了，妳我都知道，我當不起妳的禮。好吧，我只摸到點皮毛，但算外門弟子。」

你見鬼。芷荇溫靜的垂眸不語，心裡卻罵了起來。明明是偷師，誰准你進外門了？既然知道當不起我的禮……我就不接話，你能拿我怎麼辦？

但對無賴流氓，沉默是金的定理必定被打破。他很直率的說，「我繞過三郎，遣人查過你母親、外祖母、外太祖母。這些並不是什麼祕密，很容易探查。只是世人可笑可歎，不把閨閣婦人當一回事，居然不曾懷疑過……也可能是妳外太祖母江湖上太赫赫有名了。『凰夫人』、『鐵娘子』、『世外客』……醫毒雙絕，接近無所不知，『武藝高強』不足以形容她的身手萬分之一。」

「可妳外太祖母，卻是個侯府千金。雖然是末代侯……但妳外太祖母的父親，還是個侯爺。凰夫人出身於深閨，是顧侯爺的嫡長女。只是嫁給了個僅有秀才功名的商隊頭兒……似乎沒有人想過，凰夫人這樣嬌生慣養的出身，為什麼一出嫁立刻驚世絕豔……而古板的御史曾家，為什麼會娶一個商隊頭兒的女兒——即使是巨商——妳的外祖母。」

「夠了。」芷荇打斷皇帝的話，將背挺直，直到睥睨的程度。「所以？」

「我知道妳不會承認，但妳我都明白妳是誰。」皇帝難得嚴肅的又行一禮，「掌門，弟子請您伸出援手。」

芷荇模模糊糊的苗頭又清晰了幾分，「……我既是你朝中臣之妻，論國禮我當聽旨。但既然你我心照不宣，我不能承諾什麼，只能看看。」

皇帝明顯的鬆了一口緊繃的氣，將芷荇延請進去。

赤鸞山上赤鸞觀，燕子觀音金身之處。但迥異於其他道觀的是，在此出家的都是女冠，行動輕盈靈巧，很明顯的都有武藝。

也許華州人見慣了那些稀奇古怪的擺設和建築……也是，兩百餘年了，正史沒有記過傅氏一字半句，所有跟她有關的都鎖在皇宮大內的祕檔生塵。零星筆記也嚴密的收在宮內藏書樓。

但對芷荇來說，卻有種陌生的熟悉。

「傅娘娘原本有支屬於她的娘子軍鎮守華州。」皇帝淡淡的說，「人數雖少，卻是精銳中的精銳。幾乎都是跟著傅娘娘打天下，她身邊的侍女或宮人出身。傅娘娘離宮後，這支娘子軍忿而退伍，幾乎全體出家。在赤鸞山一磚一瓦的建起『赤鸞觀』。太祖威皇帝屢召屢抗，卻對這群打天下的紅粉先驅沒辦法，最後把赤鸞山封賞給赤鸞觀了。」

芷荇忍不住的嗤笑一聲。威皇帝最慣常、優柔寡斷的和稀泥，不意外。

只是……她沒想到，燕子觀音的由來，居然是這樣。從某個角度來說，她和這些女冠，算是很遙遠的同門。

皇帝領她去見了一個重傷昏迷的病人，她把脈之後看藥方，肯定了這個假設。最少就醫藥而言，的確和她師出同脈。只是比較古老、粗略。傳氏嫡傳，最能光明正大攤出來琢磨的，就是醫術。兩百餘年增修刪改，將內力融入醫術中，已經遠遠超出太祖奶奶的水準了。

但是，赤鸞觀雖然只能守成不失，但醫術已經非常驚人了。眼前這個早該入土的少年，還能這樣留一口氣……這簡直是個奇蹟。

她解開繃帶一一察看……這些女冠大膽的起動了太祖奶奶詳細記載卻嚴重警告不得輕用的「禁術」，應該是開膛破肚過，正斷裂的肋骨，將受損內臟縫合，不然沒辦法活到現在。

這孩子竟然熬過了最可怕的「感染」。

只是他失血過度，傷得太重了。完全沒想到會這樣寸寸驚心……找不到一塊好皮肉。內裡衰竭，外傷癒合太慢，幾乎都在昏迷中，難進飲食和藥湯，一點一滴的正在熬死這孩子。

看輪廓，應該是非常俊美的容顏吧……但已經毀得差不多了，快錯過黃金治療期。但比起他可怕的重傷和禁術感染，幾乎可以忽略毀容的小問題。

「……是莫小將軍吧？」芷荇淡淡的開口。

「是我侄子！」皇帝忿忿的說，「他應該是，慕容望，將會是南都郡王！」

赤鸞觀對朝廷的態度一直都是冷淡的。莫小公子事實上是皇孫的事情，還屬於虛無縹緲甚至被嗤之以鼻的謠言階段。安北軍各部軍頭抱持著三緘其口的觀望態度，之後莫小將軍墜馬「戰死」，連屍體都找不到，更當作完全不知情。

莫將軍公子領軍陣亡和慕容皇孫陣亡，分量大不相同，後者更可能被牽連得連腦袋都沒有。

但莫將軍畢竟在燕雲度過了大半輩子，更是華州的驕傲。即使是對朝廷冷淡的赤鸞觀，這些世外女冠還是忍不住出手，暗暗救下差點被馬蹄踏成肉泥的莫小公子。

芷荇沉默半晌，終於開口，「赤鸞觀的手段，比御醫強上十倍不止。或許會慢一點，但終會保住他的性命。」

皇帝的臉陰下來，怒火中燒。「妳的意思是，妳可以醫治我的士兵，卻不打算醫治這個孩子?!」

「祖上有訓，我輩後人，男降女不降。女不嫁慕容家，不尊慕容皇室，不治慕容氏！」芷荇厲聲回答。

皇帝還想爭，略細想卻啞口。傅氏娘娘，該有多恨威皇帝。恨到留下這種遺訓。是，他覺得很心痛。但是再心痛他還是得爭，必要的時候威脅利誘都不得不為。

因為他太窮，窮到親人只剩下一個親生的兒子。這是他的侄子，唯一的侄子！是他兒子唯一的堂哥，唯一一個可以放心叫哥哥的人！

即使是靈慧睿智、武力超群的傅氏傳人，怎麼能了解他們這種窮到這地步的倒楣鬼，一個都不能放棄的心情?!

他和芷荇在床前吵了起來，語氣越來越激烈。芷荇的火氣很大，真的非常大，這白痴……真的說他是白痴還侮辱了白痴！祖訓她不能違背，所以已經含蓄的暗示，她會跟赤鸞觀女冠「交流醫術」，她也很同情這個差點殉國的小孩子，總有委婉的方法達到雙贏的結果。

但皇帝還是跟她盧個沒完，腦筋像是卡死了榫頭，好像她不出手這孩子就必死無疑似的！

無賴蠻橫兼智商低下的流氓皇帝……慕容皇室怎麼不趕緊滅一滅算了？

吵到皇帝想拔劍，芷荇想在這流氓身上刨出幾個傷口時……昏迷的莫望難得的醒過來了。

其實他沒聽懂這兩個人在吵什麼……但是「慕容望」卻大大刺激了他的底線，刺激到他掙扎著睜開眼睛。

嘶啞乾澀的聲音，低低的響起。憔悴病枯的少年一字一喘，卻清楚明白的表示，「我是……莫望。我爹是……鎮國大將軍莫范。我姓莫，不姓慕容。」

皇帝想說話，卻被芷荇惡狠狠的瞪了一眼。瞪完她平靜穩定的問莫望，「你真知道你在說什麼嗎？這是不能改口的誓言。」

莫望喘了幾下，眼皮又沉重起來。他又痛又倦，真的很想一睡不醒……只有一股倔強和自責撐住了。他還遠遠不如爹，他想活下去，他的責任還沒有完。

「我……姓莫。這是事實……不是什麼……誓言。我永遠姓莫……永遠是我爹的兒子……」他昏過去了。

「一派胡言！」皇帝氣急敗壞的吼起來。

「請不要吼我的病人好嗎？皇上？他需要靜養。」芷荇冷淡的說，「麻煩你差個人跑一趟，將我的行李取來，順便告訴三郎一聲……我這裡有急診，需要就近看護。」

孩子，你做了一個重大的抉擇。這抉擇，我收到了。太祖奶奶不會怪我的……因為她同樣敬重為國為民的大丈夫……只要他不姓慕容就可以了。

流氓遍全天下的皇帝，終於踢到鐵板。他悶悶的下山去當傳聲筒，居然有他流氓不起來的人……讓他有點吃驚，並且哀傷。

三郎知情後，大怒的和皇帝冷戰好幾天。

皇帝沒什麼反應，只是非常沮喪。可以的話，他也不想這麼突然的觸動三郎最後的底線……他和三郎情分不一般，是他第一個朋友和孤臣，真正為他做事的能臣。

他是個念舊的人，在無聊到快死掉的宮朝生涯裡，是這個和他有同命感的馮三郎，讓他覺得不那麼孤獨，跟他一路並肩作戰到現在。

在比戰場更嚴酷的宮內朝廷，一路到血腥滔天的戰場，相互扶持、甚至多是三郎護持著走到現在。

他會很想跟傅氏傳人說說話，因為他實在太景仰傅娘娘了。但三郎什麼都無所謂，就是對他娘子看得重逾性命……或許會逗逗他，或許會慢吞吞的磨，但不會這樣粗暴鹵莽的召見。

「你也換個角度幫我想想……」皇帝沮喪的試圖跟三郎講理，「你大哥也有兒子，是你侄兒。我知道你很疼那孩子，換作是你侄兒……」

「住口！」三郎厲聲，吼完才懊悔，「微臣失言，請皇上降罪。」

「降個屁啦降。」皇帝暗暗鬆口氣，「我賠不是好不好？我只是急了……要不是赤鸞觀缺藥材，不得不求到我這裡，我恐怕永遠不知道……那孩子沒有半點錯，完全沒有……」

「皇上，臣妻也沒有半點錯。」三郎忍不住反唇相譏，「但您私下召見她，於她名聲非常……糟。而且為了醫治莫小公子……她甚至受了內傷！為什麼您不在事先與微臣商議一二？由微臣出面都比您這樣鹵莽處置好……您甚至完全繞過微臣！」

「……你這話聽起來像是在吃醋。」

「皇上！」三郎發怒了。

皇帝舉手表示投降，「我胡說八道，好不好？我就是急了嘛！好啦好啦，我承認，有一丁丁……只有一點點喔，我想說順勢見一下……掌門，也不錯這樣……」

三郎霍然站起，「微臣尚須準備與北蠻交涉諸事。」

「喂喂喂，我皇帝欸！你最少也聽我把話說完吧?!」皇帝一把扯住他。

結果證明了，不只是烈女怕纏郎。發火的能臣也頂不住太無賴的皇帝。見都見了，皇帝又再三保證不會去打擾掌門，不原諒他能怎麼辦？都快被皇帝煩死了。

安撫好了三郎，皇帝卻還是很煩躁，開始把小皇儲都帶在身邊，坐在他膝上折騰邊關諸將領。沒得折騰的時候，抱著小皇儲騎馬，名為微服出巡，事實上是到處亂跑，尋訪民情或遊山玩水。

他覺得兒子可憐到炸掉，除了他和子繫外，誰也沒有。連堂哥都不肯認他……當爹的不對他更好一點怎麼可以？

可惜兒子叨念的還是「荇姨」，讓他好一陣酸。不知道是酸兒子可以黏著掌門，還是酸掌門搶走兒子心目中第一的位置，又掛念小望的傷，很糾結複雜。

但是身為一個太有情義的流氓，總是太容易傷心。

皇后真的撐不住了，八百里加急的求救。

國勢動盪，有傾覆可能時，太后非常果斷的出家了。皇帝御駕親征，雖說毀譽參半，但終究是將北蠻打服打怕了，可他真的出京太久，京城蠢蠢欲動，朝臣聯名懇請讓「重病」的太后還俗回宮休養。

這是在試水溫吧？三郎嘆氣，皇帝猙獰一笑。

總是要回那個錦繡籠子的，他很明白，這就是他的命。但是他不放心小望，聽聞他能坐起了，快馬加鞭跑去想接他一起回京。

滿臉疤痕的莫望溫馴的靜聽皇帝的勸，也溫馴的喊他「十叔叔」。但他說，這麼喊是因為莫將軍是先皇的伴讀，情同兄弟。但他年紀還小，不敢跟皇上同輩，以世交論，所以喊他十叔叔。

皇帝徹底傷心了。「……你是我侄兒。你是我四皇兄的……」

「不是。」莫望溫和卻堅定的否認，「我爹是莫將軍范。他為先皇守了一輩子邊關……皇上，我現在……還很不足。等我痊癒了，我會從頭開始，為您守一輩子的邊關。」

「我不要你為我守一輩子的邊關！」皇帝怒了，「等你好了，我封你去南都！那是天下最好的地方……溫暖又舒服！……」

我知道。莫望默默的想。我知道的。被襄國公關起來的時候，安插在他身邊偽裝成護院的暗衛只能先暗中保護他的安全，疾馬回去請示，沒有命令之前，他們只能護衛小公子，什麼也不能做。

結果偷窺到整樁事件的嬤嬤，淚流滿面的隔窗告訴了莫望來龍去脈，因為她是莫范將軍的奶娘，傷心欲絕，讓莫望知曉了真相，就服毒自盡，死得悄然無聲。

莫望被這可怕的慘事衝擊到麻木了，驚慌的暗衛趕緊告訴他有關皇帝的事，表白自己的身分，拚命安慰他。什麼都跟他講……只是僕類其主，總是講著講著就離題了，這批暗衛都是從始封順王跟著皇帝的，在南都待了好些年。

所以他知道，在皇帝心目中，最好的地方就是南都。

「十叔叔，」他微微一笑，臉上的疤痕隨之扭曲，雖然容貌都毀了，卻還是如春風拂面一樣颯爽溫柔，「燕雲……就是我的『南都』。我生於此，也希望能埋骨於此。」

皇帝一噎，默然無語。最後他頹然的摸了摸莫望的頭，消沉的回去了。在馬上，迎風灑淚，哭得很傷心。

為什麼他們父子一樣的可憐？為什麼都這麼倒楣，永遠不知道什麼是「兄弟之情」？但他真不敢再生個兒子……皇室裡是沒有親情這回事的。一母同胞的四皇兄從來沒有正眼看過他，對他只有敵意。

明明他有個好侄兒，燁哥兒會有個好哥哥。

他終究還是個窮鬼。

「那個熱血笨蛋會很傷心。」芷荇從屏風後面走出來，輕輕的嘆氣，「再說，你只剩下他這個叔父了。」然後就……舉目無親。

不能因為他舉止很成熟就忘記了，莫望還沒滿十三歲……一個孩子。

她的確是很敵視慕容皇家，也很想揍這個流氓。但她也不得不承認，這是一個難得的，最有人模樣，慕容皇家的人。

「……嗯。」莫望輕笑，「我很喜歡十叔叔。不講的話我都不知道他是皇帝……就像是，叔叔，十叔叔。我相信他會對我很好……說不定把南都封給我，還會把我留在京城裡，捨不得讓我走……燁哥兒也很可愛，我的臉變這樣了，他都不害怕，笑咪咪的跟我講東講西……」

赤鸞觀外殿儘可隨喜參拜，不論富貴貧賤，男女老幼。但是內殿卻嚴令不准男子進入。皇帝那次是例外中的例外，之後就恕不招待了。但終於滿五歲的小皇儲，卻讓女冠們實在狠不下心轟他，被流氓皇帝發現了這個漏洞，逢三差五的就把小皇儲塞來探望。

如果他點頭，那他就不是孤兒了，他終究有親人。

但他被迫長大了，知道了很多他不想知道，不該知道的陰謀詭計和真相。

「我早就下定決心，要跟我爹一樣，鎮守邊關一生，當個真正的大丈夫。」莫望的笑轉苦，聲音更輕，「現在更要這樣。因為我很喜歡十叔叔和燁哥兒……所以我不願意姓慕容，也絕對不可以姓慕容。荇姐姐……拜託不要醫我的臉。就這樣吧……誰也認不出我了。等我好了……我要去幽州，從軍。」

「說胡話！」芷荇怒斥，「你現在還小不懂事，將來一定會後悔的！……」

「不管是安北軍的哪個伯伯認出我來……就會有另一個『襄國公』，或者很多個。」他攢緊被褥，「幽州離華州很遠，我的臉又成了這樣……等我長大了，就更難認出來。荇姐姐，燕雲就是我的『南都』，我生於此也一定要死於此，馬革裹屍！妳等著，請你們都等著！我終究會磨練好，跟我爹一樣！我絕對不會忘記……也無法忘記……」

他的眼淚一滴滴落在被褥上，暈出一點點漬印。褐色的被單，點點淚漬像是乾涸的血。

芷荇很輕很輕的嘆了口氣，良久沒有說話。

「好吧。」芷荇淡淡的說，「既然你要割捨得這麼徹底，也不能用原來的名了。我給你取個字，你以字為名吧。」她寫了「莫師期」三個字給他，「事實上應該是『莫失期』。不要忘記你的初衷。」

之後，莫望痊癒，堅持要走時，芷荇給了他一些盤纏和馬匹，掩護著讓他走了。

只是慎重的將一疊藥方交給他，告訴他這些藥材都很平常，幽州甚至盛產。他若不想因為舊傷發作成為廢人，就乖乖按時服藥，一旬一次，可早不可晚。

他戒慎恐懼的按時按帖服藥，吃足了三年。

然後才哭笑不得的覺得被那個潤美斯文的命婦姐姐給耍了。

明明答應他不治臉上的傷疤，結果三年過去，他日漸長大，疤痕也跟著淡了，到他十八歲的時候，調到華州為某營守將，面容光滑，看不出一點曾受過重創的痕跡。

害他上陣殺敵還得戴面具，不然會被小看。不過安北軍的軍頭伯伯們，卻沒人認出他過。

或許是他將達弱冠之年，面容與少時迥然不同。也可能是荇姐姐動了什麼手腳……雖然她堅決不承認。但也可能是，一個小小的守將，不值得注意。

但的確如他所願，鎮守燕雲，累積戰功直到成為鎮國大將軍，被稱為「小莫將軍」或「玉顏將軍」。

他倒是老要人叫他鬼面，對自己太好看的容顏很不滿意。沒事的時候，擦完自己的武器，還會仔細擦拭那個挺威武猙獰的惡鬼面具，很是愛惜。

可惜誰也都當沒聽見，從來沒人這麼叫過。

＊　＊　＊

御駕親征的政德帝即將班師回朝。

他來得乾脆，去得更乾脆。探完莫望後，還紅著眼睛的皇帝立刻宣佈三天後回京，什麼宴都不要，只和燕雲諸將領立飲了一杯酒，就趕他們各自回駐地。

只給人三天時間準備回朝，他帶來的御林軍和京軍臉都黑了。當初政德帝把家底淘乾，京城大唱空城計，全讓他拉來了。四五萬的大軍，當初整備好出發，花了十天。

現在還有傷兵和敞開來佈防的問題，皇帝只給三天收攏部隊。

只有暗衛營泰然自若，被耍慣了……他們老早就把行李打包得差不多。這就是老人（不是說年紀老）為什麼可以擺老的緣故……太了解頭子了，早已未雨綢繆耳。

這人說風就是雨。三郎無奈的暗歎，平靜的報告和北蠻交涉的過程。這事沒這麼簡單，煩瑣複雜。北蠻諸部各有各的意見，自己還在打架吵嘴，他還得居中調停。

他暗忖沒有這麼快就能回京，反正他那個暫時了好久好久的欽差御史就沒卸下過，名分上是可以繼續留在燕雲處理，看皇帝這麼頹喪，想來莫小公子是不肯認了……這個熱血流氓大概也會希望他多留些時候，好讓荇兒一併留下，將莫小公子治好。

不知道為什麼，他對皇帝生氣總是氣不長。

皇帝眼眶還有點紅，無精打采的扔了一個折子給他，「喏，任書。」

三郎狐疑的看他，打開折子……然後睜大眼睛。

皇帝將他任命為「燕雲節度使（代）暨欽差御史」。正三品。

這個任命很微妙，最微妙的點就是兩個都是臨時職。大燕朝不輕封節度使，因為這是個軍政民政一把抓的職位。大燕傳世至今，是最容易出毛病的職位——太容易養人野心了。

後來即使封了節度使，也是三年一任，必定升降，連任是不可能的。通常是有天災人禍後需要一個夠分量的總坐鎮才會封節度使。

但皇帝封給他的這個節度使，卻是「代」，也就是暫替，可皇帝不可能派其他人來接這個「燕雲節度使」。這個「代」的微妙就是，代多久是皇帝說了算，跟吏部沒有關係。

對三郎而言，資歷上卻是「翰林外放」，不管是知事郎還是總知事，名位上都隸屬翰林院。

也就是說，他在燕雲不但軍政民政一把抓，還可代天巡狩，權力簡直是無限大了。而且會待很久，等回京時，他恐怕立刻就得入閣拜相。

「皇上，您確定嗎？」三郎皺起眉，「這任令不妥……」

「這是最妥的任命了。」皇帝嘆氣，「三郎，不差啦。你好歹還有個緩刑，燕雲儘可讓你鬆快幾年……難道你想回京去跟老馮家打交道？北蠻交涉、燕雲軍政民政統合……你會很忙，但會忙得舒心快意。這是咱們國門，三郎你先看好了。試著淘摸幾個不錯的苗子，不要管門第了……會打的老軍閥只會擁兵自重。有本事就拿自家錢養兵去自重，不要花大燕的軍餉。

制度、律法。算了……我跟你講這幹嘛？這你比我還講究。燕雲崩大燕就沒了……不託給你我託給誰？這次是救急，但哪能救得長久？」

三郎皺眉考慮了一會兒，「皇上，節度使真不能輕封。咱們早商議過了不是？襄國公之前逼那麼緊都沒鬆口。這個口兒開下去將來就難辦了……會出毛病的。頂多您讓微臣『代參軍議』，臣早領有御史欽差，其實也……」

「分量太輕了。」皇帝搖頭，「這樣你累積資歷根本就沒什麼意義。我想通了。王熙那種貨色都能當首輔，憑啥你不行？開玩笑。反正他媽的我就是昏君，你這佞臣的名兒也跑不掉。乾脆幹發大的！趁機把天高皇帝遠的燕雲給料理好了。北蠻子這問題你也得抓緊，燕雲咬著回紇尾巴，必要的時候圍魏救趙，懂？」

這樣就能一次性的把兩個缺口補起來。給他爭到更多時間，好好的把內政理一理。

這對君臣一起沉默下來。這當然是個最好的方法……眼前。三郎對自己的能力倒是還有自信，能和荇兒遠離京城的擾攘，那怕只是幾年，也會開心很多。

但是……他很清楚皇帝一天需要處理的政務量有多大，即使御書房成了權力中心，擁有了許多能辦事的幫手，但有更多隱密不宜宣揚的政事還是他和皇帝商量著辦的。

都很棘手、複雜。總有人野心過剩或者貪婪成病，隱隱的要往「襄國公」的方向進化，然後引發一連串的不良反應。

單獨把皇帝留在京裡……陷在深深的宮裡，仰望著天空的月……

三郎把目光轉開，「你一個人……行嗎？」

「大概會很無聊吧。」皇帝落寞的說，看著三郎。割心肝似的……唉。去哪找這麼能幹、一個頂十個二十個的孤臣，還能這麼賞眼？奔三的人了，猶然這等冷冽麗色，不但忠心能辦事，還賞心悅目。

「三郎！」皇帝撲過去，「我真捨不得你呀！」

三郎眼明手快的揪著皇帝的領子架住，咬牙切齒。「皇上，國事要緊，您還是快滾吧！」

替這個好色流氓擔心簡直是太浪費「善良」這個寶貴情愫了！

等皇帝班師回朝，整個安靜下來，甚至有點過度安靜。

芷荇發現自己莫名其妙的變成「節度使夫人」，無力又無言。她實在討厭庭院深深那種後宅大院，三郎從善如流，謝絕了起造節度使府的好意，選了一個跟留園規模差不多的小宅子，門口掛著「節度使府」的堂皇牌匾，看起來有點滑稽。

後來芷荇在莫望傷勢穩定後，回京了一次，默默的打包行李，尤其是傅氏嫡傳的「嫁妝」，將大半馮家僕都帶來了，留下如意和李大幾個人看家——如意的寶寶實在還太小。

剛好趕上替吉祥送嫁。

她發現，自從了解什麼叫「海闊天空」後，實在很難回到窒息的牢籠。京城就是這麼一個囂鬧、嘈雜，充滿是非和無聊流言的龐大「深院」，唯一自由的時候只有仰頭看著月。

才停留幾天，老馮家的人就上門來鬧，許父來諂媚巴結……她的忍耐力真的下降很多，有一種把所有找碴的人揍飛的衝動。

結果皇帝派來看門的衛士還真把所有人揍飛了，非常具有他家主子的流氓風範。

所以前腳把吉祥送嫁了，後腳她就趕著回華州，她很想念三郎，想念小望，想念沒有圍牆的遼闊邊關。

她回來得這麼快，三郎拋下還在扯皮的北蠻使臣，驚喜的馳馬去城外接她。夕陽還沒落盡，月牙已經迫不及待的東升。

就跟她一樣迫不及待。

芷荇從疾走的馬車上「飛」了出來，恰恰落在張開雙臂的三郎懷裡，像是一根羽毛般飄落。

「早晚會被妳嚇死。」三郎輕聲喝斥著，緊緊擁著她。馬兒不安的躁動，噴響鼻。

她只是笑，抱著他的背。

然後一起仰頭，看著微笑似的月牙，在深院之外。

（深院月完）

大燕朝系列：

蝴蝶館47《倦尋芳》

蝴蝶館48《再綻梅》浣花曲

蝴蝶館51《燕候君》

蝴蝶館58．59《臨江仙》

番外之一　七夕

七夕，牛郎織女相會期，閨中猶盛乞巧節。

但從芷荇五歲起，就沒過什麼乞巧節……應該說，代代傅氏嫡傳這一日，不知七夕，不度乞巧。

因為這一天，是太祖奶奶傅氏的忌日。

寫完絕命書，傅氏已經知道自己命不久矣，沒想到命終於七夕，她用最後的力氣砸了一只蟠龍臂釧，淚流滿面的狂笑而終。

照遺命，傅氏不設靈位，供桌上只擺著那只蟠龍臂釧。原本充作眼珠的寶石已砸毀，只有空空的眼窩。

火光一閃，芷荇燃起線香，煙霧裊裊。

她不願三郎來陪祭……她終究怕觸景傷情，勾起內心埋得最深的隱憂。

三郎總驚嘆她什麼都會一點，把太祖奶奶想得宛如天人……事實上，真的從太祖奶奶手底傳下來的，其實就是武藝、醫毒，和兵法而已。

其他的，都是幾百年傅氏嫡傳一點點的累積添補……萬萬不能墮了太祖奶奶的威名。

然而，真正驚世絕豔，卻連太祖奶奶都失去的，是她上知五百年，下知五百年的神通。

若不是傅氏神機妙算，慕容沖豈能得登大位？

威皇帝自以為可以抹煞一切，連傅氏的名字都能湮滅於史書中。甚至登基前自命燕王時冊封的傅王妃都能不認帳……

但她們這些母女相傳的傅氏嫡傳都知道，記得牢牢的。

就在威皇帝登基的那一天，身懷六甲的傅王妃道賀，卻凝重的告訴威皇帝，已然逆天，皇運已改，她再不能預知未來了。

第二天，威皇帝面無表情的通知了傅氏，封她為貴妃，后位另有其人。茫然的撫著皇后才能佩戴的蟠龍臂釧，傅氏望著威皇帝，但他不敢看她的眼睛。

傅氏很快的恢復鎮靜，只說需要靜心想一想。威皇帝走後，她只來得及把寢宮所有手稿焚毀，血書了她絕望嘲諷的質問「一生一世一雙人？」，就悄然離宮了。

十幾年的相依為命，戰亂中依舊堅持娶她為王妃，信誓旦旦的山盟海誓……這些情誼，在他登上帝位、她再也沒有利用價值時，就蕩然無存了。

傅氏生下了一個女兒……如果她願忍，這個女兒應該是長公主。但她不願忍、不肯忍，所以她遠赴大理，自稱寡婦，置辦起偌大產業，讓她的女兒有公主般的日子。

據說，太祖奶奶長得很美。過世時已經四十六，戀慕她的男子涕泣盈城。但她從來沒動過再嫁的念頭，譏諷的說過，「男子薄倖，理所當然。得不到的才是最好的……到手了，就成了渣滓糟糠，何必自找不痛快？」

但她餘生，也沒有痛快過一天。

撫著自己的肚子，芷荇知道，這胎是女兒，下一代的傅氏嫡傳。每代傅氏嫡傳，在這日祭拜太祖奶奶時，莫不痛哭失聲，她也止不住腮上淚墜。

哭太祖奶奶，哭歷代嫡傳血淚，哭這個視女子卑弱、踐踏女子的時代，卻是起於一個學究天人、驚才絕世的女人，可忘恩負義到將她徹底抹殺於史書中。

「……孩子，妳要記得。」撫著肚子，芷荇輕輕的說，「太祖奶奶姓傅，單名淨，字玉碎……」

寧可玉碎，不可瓦全。

親手將沒了眼珠的蟠龍臂釧收進匣子裡鎖好。她只願想是太祖奶奶的遺物，不願想是誰送的……想多了保不定拿去金銀鋪子熔個金餅子墊桌腳。

沒精打采的走出暫充祠堂的屋子，發現三郎居然在院子裡等著。更深露重，夜露順著未綰的長髮滴下，不知道站多久了。

她勉強笑笑，卻沒多少心情安撫他，只是低頭走了，三郎過來扶，她卻下意識的閃了一下。

天下男子皆薄倖。

每年七夕，荇兒都要鬱鬱幾天。他不是不知緣故，但覺得自己實在很無辜。如果刨了威皇帝的墳能讓荇兒心情好一點兒，說實話，他真考慮吩咐幾個專幹這行的……

他很堅持的拽住芷荇的手，小心翼翼的護扶著。期盼已久的孩子……對他而言是男是女都不重要了……只要母子健康平安就好。

但是芷荇只是呆著臉，漠然的讓他扶著，眼睛紅腫得可憐。

太祖威皇帝啊……您老都過世幾百年了，為什麼遺禍至今……帶累你倒楣的玄外孫婿呢？

「荇兒，我不姓慕容。」如果這句還沒效，他決定明天就上表告老乞骸骨，立馬跟那個姓慕容的皇帝絕交。

……雖然他還不到三十，被封為燕雲節度使暨欽差御史，上任才一年。但現在他覺得天下社稷壘在一起都沒他孩子和孩子娘重要。

芷荇反應慢了一拍才聽懂，終於破涕而笑。一句話也九拐十八彎的多重含意。婉轉的抗議他被遷怒得很可憐，和傅氏有仇的是慕容皇家，他可一點都沾不上邊，更不會學那般做派。

她是個最平庸的傅氏嫡傳，但說不定傻人有傻福。

「是我不對，你是馮三郎，不是別的誰。」她摟著三郎的胳臂。反正有什麼花花腸子，棒槌教不乖，也不用費心跟他鬧。待孩子大了……她是很較真的人，是他自己說要同歸於盡的，到時恨她狠心也晚了。

太祖奶奶就缺這點氣魄……還心繫什麼百姓社稷。

他這娘子……對誰都精明幹練，對他就迷迷糊糊，七情上面。大概不知道她的表情看起來有多精彩，摸著肚子看他時，下定決心似的又愛又狠。

讓她能發狠，耗了他多少年水磨功夫啊。現在他終於能體會荇兒偶爾的彆扭和小性子了……原來有晚芳那款的女子。別家同年紀的夫人都成了黃臉婆，他家的卻越來越水靈，懷孕更是粉嫩得跟水蜜桃一樣……

少年時恨不得早點死，現在是怕死怕得要命。孩子有了，他捨不得拖著她走。但又不甘心……只能用力拴住她的心，她越發狠越好。

扶著芷荇回房，不過七夕也好……誰願意像牛郎織女一樣倒楣？只是今年七夕是把荇兒哄好了，但年年有七夕啊……

三郎忍不住嘆了口氣。要怎麼去刨威皇帝的墳又不會被查到呢？這可得仔細的籌劃籌劃……

# 番外極短篇之二　吉祥

吉祥走入花廳，穆大人泰然自若的坐著喝茶，還是好茶，周老太爺送的。

……今天當值茶水的是小李兒吧？死小子，等著瞧。她早交代穆大人上門只能給他喝茶梗子，沒下巴豆已經是她太善良。

一聲不響的跑去打仗，連句話都沒留給她。

但她依舊蹲身行禮，語氣平靜，「見過穆大人。」

「說過了，叫我若白就好。」穆大人閒然道。

「吉祥有自知之明。」她低眉順眼。

穆大人笑了起來，「還好還好。還會發火，那一切都還好。」

吉祥變色，惡狠狠的瞪他。

「我是擔心我不能活著回來。」穆大人還是那副不慍不火的樣子。

吉祥坐下來，語氣斯文溫和，「混帳。」

「是。」穆大人點頭，「所以，妳要不要嫁給我？」

「……………………」

沉默蔓延。穆大人怡然的品茗，吉祥溫靜的看著他。卻有一種詭異的肅殺之氣緩緩上升。

「你還真有把握啊，穆大人。」吉祥溫柔的開口。

「叫我若白。嗯，是有把握。」

「……就不怕我突然嫁人？」

「不可能。」穆大人斷然，「若是妳曾嫁別人，就不會收我的玉珮。」再說我一直使人盯著呢。不過這話可不能說。

吉祥笑了一聲，「你使人盯著是吧？」

要命啊要命，果然是他看中的女人。不枉費那麼多年水磨工夫。這麼機智狡猾的姑娘，只能滴水穿石，潤地無聲的慢慢來，點太明就只會從指縫溜走。

他沒有正面回答，只說，「因為我知妳。妳根本不想嫁人，甚至也沒把自己擺在『丫頭』這個位置上。妳只是懶，貪戀安穩。我不能證明我很安穩，妳不會肯挪窩的。」

這男人。吉祥高高的揚起眉。「你要知道，我家姑爺都沒那福氣討小。穆大人，我不敢阻你討小，但你也不能扣留我的孩兒。我家姑娘是個護短的，隨時我都能帶著孩兒去尋她，一定有我們的安穩飯。」

穆大人嘆氣，「說開是比較好沒錯……但吉祥姑娘，窈窕淑女，君子好逑。我求妳一個就沒什麼工夫了，到現在還是孤家寡人，連侍妾都沒半個。這些年我沒少寫信，妳也知道我的主子是怎樣，我很忙的。坦白了，我很忙，恐怕常常出差。但我對女人異常挑剔，漂亮的木偶娃兒我沒興趣……這麼多年，也就求了妳一個。」

「因為我聰明狡猾？」吉祥調侃。

穆大人大笑。你說這樣的姑娘哪兒找？怎麼能放過？

「所以呢？」穆大人微笑的看她。

吉祥考慮了一會兒，「好吧，若白。」她點頭，「還沒嫁過呢，偶爾也冒險一次看看吧。」

「妳一定會覺得我是個有趣的人，不會後悔的。」穆大人誠懇的說。

「那可難說。」吉祥輕嘆，「我現在就覺得有點後悔了。」

# 番外極短篇之三 子繫

「你白痴啊！怎麼都說不聽的？」皇帝非常火大，「好好好，你要見就見吧！看清楚了！你只是還停在那個時候，看著你想看到的完美幻影……那不是我！甚至我連好人的邊都勾不上！」

「我知道的。」子繫仔細的看著皇帝的臉，發現和他印象中居然差不多……就是稍微成熟了點。

他一直被拒絕，連信都不肯收，還必須拐彎抹角。或許當年剛獲救的時候……他一無所有，眼中只有這個男人。現在他並不是這樣了。

他是營史上最短時間升上正式暗衛的第一人，從絲毫武藝都不懂到成為高手中的高手。他依舊警惕心重，沒有朋友……但他有營裡兄弟，可以放心把命交給他們。

說不定他該放棄這段註定絕望的戀情。

但誰能告訴他，為什麼他偶爾有了這個念頭，就會心痛如絞，痛苦不堪，狂怒的想要衝出去殺死父母和襄國公？

他能忍住仇恨是因為，這麼做以後，他就一無所有。

「得罪了。」子繫輕輕的說，然後拉住皇帝的袖子。

果然。果然如此。他一直滾動著浮躁和不安，被仇恨啃噬的如此痛苦的心，只是因為拉住了他的袖子，待在他的身邊，就能平靜下來，能夠落地了。

「你、你……」子繫抬頭，美麗的眼睛有著哀求，「你真的討厭我嗎？」

皇帝不想答，但那樣美麗的哀求真的有著沉重的壓力，而且越來越沉重。「我若討厭你……會為你想那麼多嗎？你要知道，我並不是個好人。」

啊。為什麼會這樣……好像心開了個洞，咕嘟嘟的淌著蜜。芳香又甜美……卻好想哭。

好想大哭一場。

「我還是，真的，喜歡你。」子繫仰頭，不想讓眼淚流下來。「只喜歡你。」

「……越重要的人我越不能放在身邊。」皇帝痛苦莫名，「我是個膽小鬼。其他的人是沒有機會逃，你還有活路……別這樣。我寧願永遠看不到你，可你活得好好的、開開心心的。你不懂，我什麼都不能給你……甚至還得刻意忽視你。你在我身邊會很痛苦，非常非常……」

所以，我是你很重要的人，很重要，對嗎？其實，這樣就好了、夠了。

「我明白，是你不明白。」子繫的表情恢復平靜，「我不在你身邊，就快樂不起來。活著……跟死掉沒兩樣。」

紅葉飄落，兩個人都默然無語。空氣中帶著落葉乾爽微微帶著糖味兒的甜。

「今天天氣，挺好的。」皇帝抬頭看著陰沉的天空。

子繫跟著抬頭，烏雲籠罩的陰天。但遙遠的烏雲卻鑲著金邊，在某個地方，應該有陽光吧？

「嗯，挺好的。」他微微笑。

＊　＊　＊

之後不久，賢妃猝逝。為了搶救小皇儲，子繫擔了最危險的任務，扮成宮女潛入後宮，卻在宮變時受了沉重的內傷。

皇帝像是驚弓之鳥，突然徹底忽視他，甚至避免提到他。

果然是，有一點點痛苦。但是無所謂，只要能待在他身邊就好了。

子繫自請當小皇儲的貼身暗衛，細心的照顧他。是那人的孩子呢……那個人小時候，是長這樣嗎？

真可愛。看小皇儲一天天長大，好像複習了那個人的童年。

雖然一直到御駕親征完，皇帝這種驚弓之鳥的狀態才緩和下來，終於讓他的痛苦減輕許多，但他們還是小心翼翼的維持著隱密的戀情。

他有點害怕，小皇儲知道的時候會怎樣。說不定會很生氣……他已經把小皇儲看成自己的弟弟、親人。

承受不住被他厭惡。

在小皇儲十歲被封為太子後的某一天，子繫的休沐日。他還是如常的去稟告一聲。

成為太子的小皇儲正在臨摹，頭也不抬的說，「喔，去找我爹呀？」

大驚的子繫臉孔漲紅，嚇得頭髮都快豎起來。

「子繫哥哥，你沒事吧？」太子有點擔心的問，聳聳肩，「你幹嘛這麼緊張？你不會以為我都不曉得吧？那麼多蛛絲馬跡還湊不起來？真是的……我可是我爹的兒子呀。你瞧，你休沐日的時候，我爹一定去皇莊『休養』。還有還有，你們平常都會互相偷看一眼，然後兩個都有點臉紅，再來就是……」

「屬、屬下告退！」子繫落荒而逃了。

小太子微微張著嘴，搔搔頭，「我還沒說完哪。幹嘛瞞我啊……」

大人真麻煩。母后天天都跟他講老爹的壞話，他都會背啦。他早就知道老爹喜歡漂亮的人，男的女的都可以……他只覺得很稀奇，卻沒有覺得老爹因此掉漆。

因為他仔細觀察老爹，發現他頂多吃吃小豆腐，大部分的時候，都跟公文和奏摺一起睡……這樣也算好色？拜託。

沒見過比這更風雨無助的好色了。

他反而有點替老爹擔心了。母后完全不讓爹進她的房，甚至老爹在後宮只是走個過場，根本不過夜。他問過，老爹凝重的說，「孩子，後宮是天下最容易掉腦袋的地方……對你爹而言。」

……有點道理。

燁哥兒開始可憐他爹，然後發現他爹也不真的是和尚生涯……幸好幸好。

不然堂堂大燕皇帝，一國元首，結果連個喜歡的人都沒有，過得跟和尚一樣……有失國體啊。

年方十歲的小太子開始替自己擔憂了。給別人選皇后風險實在太大了，他可不要跟爹一樣倒楣到這個地步。

落荒而逃的子繫青著臉跟皇帝說了這事。皇帝只驚了一下，仔細聽完小太子說了啥，誇了一聲，「不愧是我兒子，沒白養他了。」

「皇上！」子繫大驚失色。

「沒事兒。我自家兒子自家知，他爹啥德行他比誰都清楚。」皇帝滿不在乎，「我早說過，我不是個好人。」

「……是，你是流氓。」子繫沒好氣的說。

皇帝露出很流氓的笑容，輕攬著他的肩，「今天天氣很好。」

晴空萬里，乾淨得連一點雲都沒有。

「是，挺好的。」子繫瞇起他依舊美麗的眼睛，和那個流氓一起仰望乾淨的天空。

# 作者的話 之二

穿越後改變了歷史軌跡……然後呢？

這個疑問，幾乎沒什麼作者的回答令我滿意。至於不滿意的程度，可以回去翻翻《臨江仙》。

然後就很無奈又荒謬的產生「閃開！讓老娘來！」的結果，最後就是不斷的添補成「大燕朝」系列。

然後一部寫得比一部長，《深院月》已經破了十七萬又四千多字。

這其實不是我的本意……其實不要寫得那麼細的話，比方說，除了族譜就劃下句點，我就能解脫了。

但這樣不完整。

好像很難說明，但是角色群已經登場，他們有他們的人生和步調，註定的軌跡和結果，當初我和愛倫笑著說，「快完了，反正就御駕親征後就結束。」

但這個「快完了」卻硬生生多出一倍的字數。

這是一種，我自己都不能解釋的執著。我喜歡歷史，但總是讀不透。但這份「不透」反而多了很多想像空間。我覺得一個說書人哪怕是羅織一個架空的歷史，就算不能完全合情合理，也必須煞有其事。

雖然讀者都知道，女侯君、女帝傳承、流氓皇帝，是絕對不可能的事。但因為有傅氏的穿越，才造成一連串的反應，讓讀者覺得「好像有可能」這樣。

有什麼的開端，才能因為種種變因，產生「好像有可能」的結果。這才是「穿越」這題材最有趣的部分。

這就是我對大燕朝一直很有興趣，不斷回來添補的緣故。以上也是我對大燕朝系列的某一種解釋吧。

我承認我對歷史著迷，就是軌跡相似。當中許多風流人物，都令人心生嚮往或惋惜。

是的，惋惜。其實我真的很為威皇帝惋惜，他的一生真的很悲慘，所以我才會替他開「大燕朝」，用一種虛幻補償他，但我不相信他能夠通過考驗。

可我不覺得我苛待了他。畢竟他成了大燕朝開國太祖皇帝，但金手指開再大的穿越女傅氏，還是得面對殘酷的現實。其實他的處置在諸代皇帝中並不算出格，但給自己取字為「玉碎」的傅淨，如果能接受這樣的處置……

那不是傅淨穿回現代了，就是我腦殘了。

所以這是一個殘酷而美麗的開端，大燕朝得以延續下去的契機。實在到現在我還只能解釋這個令我自己也不斷回顧的設定屬於「被雷打到」的部分，因為我不知道為什麼會出現「傅氏」。（聳肩）

然後我每次想寫古代文的時候，就會忍不住駐足在大燕朝。或許是那個剛烈的女博士也相當程度的吸引我吧。

之所以會寫《深院月》，其實是……我在翻舊雜記的時候想起了一點心情。慢慢被壓垮、壓死，一點一滴的。那種連癲狂都無法發作的寂滅和死亡感。

消滅這種陳舊負面情緒最好的方式就是用文字封印、治癒。剛好那段時間我正好在看一些資料，突發奇想想找找「古代受虐兒」的存在，關於家庭、親子間的愛恨情仇。不找不知道，一找嚇一跳。

這方面還真是……古今一脈相同的殘暴啊。

雖然已經寫了太多這方面的東西，但我還是苦笑著開稿了。因為我已經閱讀到三郎的冤和芷荇的失望，於是就開始寫了，甚至把我一直想寫卻苦於無處塞的流氓皇帝都拉出來寫了，痛並且快樂著。

我猜很多人都猜到了政德帝就是明武宗的「加強刪潔版」（刪除負面，導致潔淨。刪潔，這不是錯字）。

在維基上，我們查到的資料都屬於比較負面的。但是他卻是個最多民間故事的皇帝。

我覺得一個昏君，會被許多民間故事青睞，這本身就是一件奇怪的事情。更奇怪的就是敘述他的事蹟時，往往換一個筆法會變成豐功偉業。

所以，為什麼？

這個曖昧不明的地帶就產生了許多空間，讓我拿他當藍本，設定了政德帝這個流氓。只是想想就過去了，因為我對宮鬥真的沒興趣，沒地方塞。

直到開寫《深院月》，我才產生一種「啊，媽的，完蛋！」的感覺。因為設定好玩的政德帝非得出場不可了，而我又特別討厭寫宮鬥，或者說心機詭計。所以後來我寫得痛苦不堪，我相信讀者也看得滿痛苦的。

還有點我想要說明一下。

其實關於皇帝和子繫這條支線，我考慮良久才決定寫的。當中我還查了不少資料，仔細斟酌衡量許久，才總算下定決心。

以前我說過我不寫BL，很簡單就是我不能身入其境。我曾經想過不該排斥這類的文體，海納百川才是，但是我發現連看都看不下去。

很簡單，因為我早年悖德非行的過往，反而對這方面有比較深入的了解。真實總是很沉重的，沉重到連我這個織夢人都織不出來。所以我根本不想寫這種夢幻糖衣的東西。

只是很剛好的，我查到了一些挺有趣的資料。發現好男風在古代並不是一件希罕事兒，也並不像現代分化得這麼嚴謹細緻：同性戀就是同性戀，異性戀就是異性戀，反而雙性戀沒他們什麼事了。

不是這樣的。最少我所知道的，並不是這樣簡單粗暴的區別。反而古人的想法還比現代奔放開闊。

古代有些男人妻妾成群，但也樂於捧相公、包戲子。歷代皇帝后妃無數，但也有男寵或屢有緋聞的臣子。

可仔細看歷代皇帝的生活，真覺得他們活得挺沒意思。爬上那個高高在上的位置，卻是完全的孤家寡人。若我是皇帝，身邊圍著一大堆人，人人心底只有算計，真的會先發瘋。

所以會去寵一個沒有利害關係的人，我覺得這種心態是能夠理解的。

這才是我開寫這條支線的緣故，不是為了寫什麼ＢＬ，只是就我理解的部分去揣摩，所以只能放在支線。

可為了重心不偏掉，所以我還是堅持支線路線。最後補完在番外。我覺得，對這流氓皇帝已經太好了。配給他一個絕代麗人，打破我的原則，寫心機詭計寫得痛苦萬分，快斷尾（或說斷頭）求生。

支持我寫完的緣故，就是對這個流氓皇帝的愛。

（我絕對不會承認我是不想為他開一本專寫宮鬥。）

當然我覺得其實還有很多不足，但我的能力就是這麼多……或者說，我看到的就是這麼多。對於好像很疲軟的結局我很抱歉……

可我覺得，能夠在「深院之外，仰頭望月」，就已經是最好的結果了。

世界上還有什麼比同時獲得自由和堅貞更幸福的事情嗎？我想是沒有的。

好吧，一本藥方也被我寫成上下兩卷，我覺得自己絕對是有病的。但我想大家都習慣了，應該無所謂。

我很高興拖了四個月，終於把《深院月》寫完了。四個月寫兩本，真是我難得的龜速進度。

現在只想發誓，喵滴我再寫這種心機詭計系列，我就自己去撞牆三次。太受不了啦！這已經進化成毒藥方，哪能治癒只會加重病情啦！

結果自己校對時，絕望的發現，哇靠，這樣的小說我也熬過來了，真該嘉獎自己一下。

下一本，我想寫詭誕的怪談。零碎紛亂而癲狂，絕對不要有什麼結構，更不要陰謀詭計。

我想我會有段時間不想寫古代稿了。T.T

希望在下一本書再相逢……或許。

蝴蝶 2013/8/22

Seba・蝴蝶

國家圖書館出版品預行編目資料

深院月. 下, 低綺戶篇 / 蝴蝶Seba 著. -- 初版.
-- 新北市 : 雅書堂文化, 2014.02
面； 公分. -(蝴蝶館 ; 64)
ISBN 978-986-302-163-6 ( 平裝)

857.7 103000813

蝴蝶館 64

深院月 下卷〈低綺戶篇〉

作　　者／蝴　蝶
發 行 人／詹慶和
總 編 輯／蔡麗玲
執行編輯／蔡毓玲・蔡竺玲
編　　輯／劉蕙寧・黃璟安・陳姿伶・李佳穎・李宛真
封面繪圖／五十本宛
執行美編／陳麗娜
美術編輯／周盈汝・韓欣恬

出版者／雅書堂文化事業有限公司
郵政劃撥帳號／18225950
戶名／雅書堂文化事業有限公司
地址／新北市板橋區板新路206號3樓
電子信箱／elegant.books@msa.hinet.net
電話／（02）8952-4078
傳真／（02）8952-4084

2014年02月初版一刷　2017年08月初版六刷　定價240元

經銷／易可數位行銷股份有限公司
地址／新北市新店區寶橋路235巷6弄3號5樓
電話／（02）8911-0825
傳真／（02）8911-0801

Seba・蝴蝶

Seba・蝴蝶